學術期刊羅馬化

APA、*Chicago (Turabian)* 與羅馬化引文格式規範

APA, Chicago (Turabian) and Romanization of Referencing Styles for Chinese Academic Writing

邱炯友 林瑞慧 編著

林雯瑤 校閱

淡江大學出版中心

專業叢書 PS005　　　　ISBN 978-986-5982-58-4（精裝）

學術期刊羅馬化
APA、Chicago (Turabian) 與羅馬化引文格式規範
APA, Chicago (Turabian) and Romanization of Referencing Styles for Chinese Academic Writing

作　　者	邱炯友 林璂慧 編著
校　　閱	林雯瑤

內文排版	方舟軟體有限公司
封面繪圖	伊彬
封面設計	斐類設計工作室

發 行 人	張家宜
社　　長	邱炯友
總 編 輯	吳秋霞
出　　版	淡江大學出版中心
	地址：新北市淡水鎮英專路151號
	電話：02-86318661／傳真：02-86318660
總 經 銷	紅螞蟻圖書有限公司
	地址：台北市114內湖區舊宗路2段121巷19號
	電話：02-27953656／傳真：02-27954100

出版日期　2014年7月 一版一刷

定　　價	240元（平裝）
	300元（精裝）

國家圖書館出版品預行編目資料

學術期刊羅馬化：APA、Chicago (Turabian)與羅馬化引文格式規範／邱炯友, 林璂慧編著. --
一版. -- 新北市：淡大出版中心, 2014.07
面；　公分. --（專業叢書；PS005）
ISBN 978-986-5982-48-5（平裝）. --
ISBN 978-986-5982-58-4（精裝）

811.4　　　　　　　　　　　103009869

來自一群滿懷理想的中文引文格式
研究團隊所經營的學術部落格
http://cite2style.wordpress.com/

目　次

推薦序

規範中文化與引文羅馬化 -- 邁向國際化必經之路

學術寫作書寫的是知識的生產或解析,貴在言之有理,言之有據,不僅要有獨特的見解,更要遵循嚴謹的規範,以期對學術社群做出顯著貢獻。因此學術寫作逐漸形成一種文體,有約定俗成的規範。熟諳學術論文寫作的過程和論文結構很重要,然而遵循適切的寫作格式與規範同樣重要。

學術論文引文格式之規範有其必要性。從作者的角度來說,有一致規範可遵循可減少自行摸索之挫折與困惑,進一步更可以應用書目管理軟體來編製正文中的引文以及文末的參考文獻,提高書目資訊之正確性與完整性,彰顯學術論文之表面效度,展現研究之嚴謹度。對審稿者而言,作者採用一致之引文格式規範撰寫論文提高可讀性,並有助掌握作者論證辯述之脈絡;更可以節省編輯者編校時間,縮短出版時程;同時可藉由出版品質之提升,提高出版社之專業度與聲譽。對讀者而言,可以快速進入作者之寫作情境,掌握正確完整之書目資訊,交互參稽,激發創作靈感。對學生的效益更為顯著,有本可循學習學術論文寫作,避免抄襲剽竊,養成良好學術倫理。

美中不足的是,目前人文社會科學領域普遍應用的學術論文引文規範都是以英文為本的,如何將其轉譯到中文寫作環境中實為一大挑戰。學術論文寫作規範對引文格式之要求首先得視資料類型而定，不同資料類型需要著錄的資訊項目不同，各項資訊項目之間以標點符號區隔；其關係可以下圖表示：

在資料類型方面，國內學者在寫作學術論文時，會引用的資料類型遠超出以英文為本的學術論文寫作專書所規範的，例如古籍和中譯作品是現有學術論文寫作規範中未規範的，檔案文件、學位論文、研究報告或技術報告則是雖有規範，但中文化時資訊項目部分宜有特殊考量。在資訊項目部分，在研擬引文格式規範時，除應考量書目資訊之完整性外，宜將書目資訊切割為資訊單元，每個資訊單元間，以句號區隔。例如，圖書之資訊項目應包括：作者、著作方式（如：編、譯或著）、出版年、書名、版次、出版地、出版社；建議區分為三個資訊單元：（1）作者、著作方式、出版年，（2）書名、版次，（3）出版地、出版社；或者（1）作者、著作方式，（2）書名、版次，（3）出版地、出版社、出版年。此外尚須參考最新之國際學術論文寫作規範之發展趨勢，如期刊論文加註 DOI 等。中英文標點符號則有全形與半形之別，再者中英文引號與雙引號亦大相逕庭，不宜混用。此外，學術論文規範中文化最重要的一點是：要考慮到電腦文書處理和書目管理軟體套用之方便性。

建立了中文學術論文寫作規範後，需進一步考量中文引文羅馬化議題。因為英文論文引用中文文獻時需要羅馬化，中文文獻收錄國際引文資料庫時，也需要羅馬化，換句話說，中文引文羅馬化是中文期刊論文邁向國際化必經之路。目前雖有國際引文資料庫廠商要求收錄期刊必須符合中文引文羅馬化之要求，但尚無規範供期刊出版社與讀者參考。個人認為中文引文羅馬化應該滿足辨識與解讀兩項目的，故而書名、期刊名、篇名等應盡可能提供原有意譯，而作者、出版社等則應以羅馬化處理，但若有習用之英文譯名時，則應採用英文譯名。但作者在引用時無法得知這麼多資訊，因此應向上管理，由期刊出版社在稿約時要求作者提供英文篇名和英文姓名，以供作者引用以及資料庫編製時之參考。

很高興看到 TSSCI 期刊主編邱炯友教授願意出書探討這個重要且迫切之議題，書中首先對 APA 格式與 Chicago 格式之參考文獻進行中文化之規範，然後針對中文引用文獻羅馬化進行深入探討，並爬梳脈絡，說明規範之考量因素。最為可貴的地方在於，本書除提供規範之中英文建議之外，更提供中文與英文範例，幫助讀者快速上手應用。本書堪稱目前華文領域最為完整詳實之 APA 與 Chicago 格式中文化格式規範專書，更是第一本周延探討中文引文羅馬化的專書，絕對值得期刊主編、資料庫製作者與讀者隨時參閱。

謝寶煖

於台灣大學圖書資訊學系

序言：引文格式的堅持與妥協

　　APA 與 Chicago (Turabian) 學術論文引文格式規範向來都是學者與學術出版編輯的重要參考工具，但如何將其應用在不同的語種和學科領域的大環境中，既能照顧到本土需求，又能與國際接軌，便是一項極具挑戰性的建置工程。而隨著網路環境的活躍與數位文獻的豐富性，也使得任何引文格式規範的增修更為困難，難以有絕對的標準和共識，更因此形成不同引文格式的不同特性，並衍生更多元的亞型格式（sub-style）規範。這些亞型格式不只出現在各國不同團體與個人所編著的格式專書或系統中，即使源於一尊，但內容也常有著不同見解。儘管如此，這些事實無礙於它們的貢獻和價值，因為有許多的細節，特別是文化與歷史環境的差異所影響到的後代學術寫作風格，也都說明了這些同源引文格式的變異，是來自於一群不同「引文格式派典」簇擁者思想表達的傳衍過程。而這些變異與見解之複雜程度不一，每本引文格式專書之編纂都須要用心提醒讀者，以及好好詮釋這些已遭複雜化的問題。

　　就文化歷史而論，中西方的學術寫作習慣存在許多差異，即使在標點符號所衍生的問題，就已相當令人困擾。古人稱「句讀」乃指文章休止和停頓處，文中語意完整者稱為「句」；語意未完而可稍事停頓者稱之為「讀」。以符號而言，相傳宋朝時即使用「。」與「，」來表達句讀。對照於英文之寫法，常見有逗點（common）、半支點（semicolon）與句點（period stop）等，英文任何長短句最末大都以「句點」緊貼於句子而結束，若該段落句子為引用文獻，則 Chicago (Turabian) 引文格式之「註釋」編號亦緊貼於該「句點」之末。但是對中文寫作而言,「句」與「讀」自屬不同,往往「句」少「讀」多,若將「註釋」編號標示於中文全形逗點「讀」之後,版面與視覺上便顯得相當空蕩突兀。惟一可克服的技巧就是改寫中文句型結構,使「註釋」編號能適切落於全形句點之後,讓標號與編號更溶入於整個視覺中。此外,也有許多作者或編輯者習慣將「註釋」編號裹以圓括弧、方括號,或另附加中文字,例如:註1、註一,以求更進一步改善這個中文版面視覺上的問題。

一、符號字型的傳統堅持

在英文寫作環境下,因為電腦文書處理系統早已取代傳統打字機之作業,通常具較多資訊內容之正式出版品,例如:書籍、報紙、雜誌期刊,以及劇本、長篇詩詞與音樂劇、廣電節目作品、攝影集和美術作品等,已不再以劃底線（underline）為標示,昔日遷就英文打字機惟一能呈現的打底線作法消失了,轉以「italic type」（義大利字體）也就是俗稱的「斜體字」,來凸顯於內文（通常以 roman type 字體為主）之中,此舉終於統一了西方學術界對於上述出版品的標示方法,被視為常見排版標準。然而「italic type」是屬於標準印刷字之一,並不是一種藉由電腦文字向量化將一般字體予以向右傾斜處理效果的「oblique type」字體。這對於無標準斜體字體而暫以所謂 oblique 屬性值來呈現傾斜文字效果的權宜之計,自屬無可厚非,但觀念上仍不應混為一談。我們的問題便在於:傳統的中文字該用何種歷史字體來表達與標示相當於西方「italic type」的精神與用途？

台灣的國家標準「科學與技術報告撰寫格式」（CNS13610 Z7265）與「學術論著參考書目格式」（CNS13611 Z7266）、中國之國家標準「文後參考文獻著錄規則」（GB7714-87）以及於 1990 年修訂的「標點符號用法」皆規定採用《》與〈〉為書名號與篇名號，爾後台灣新聞與出版界不乏採用之實例。原先台灣傳統用於標示書名、篇名、報紙名、刊物名等，其應用位置在於「直行標在書名左，橫行標在與書名下」的書名號「﹏」，但現今礙於電腦環境與排版之不便，也幾乎匿蹤。[1] 當本書建議中文著作以「標楷體」對應西方的「italic type」來表示一般「出版品」名稱時，我們的理由在於：就歷史意義而言，清朝高度漢化掀起書籍精刻精印，重視楷書字型以端正內府刊本印刷字型；再就實用意義而言，同樣在於強調字體字型在今日數位媒體的古典精神，楷書體字型企求建立在閱讀與視覺、實用機能與運筆造形兼備的基礎之上。

今日所有數位字型之中，惟有標楷體通過工業標準與教育標準兩項規制，因而被冠以「標準」之名，教育部於 1973 年開始研訂「標準字體」，1991 年制定楷書的電腦母稿藍本和提供資策會擴編中文內碼交換碼（CNS-11643），1994 年復公布「國字標準字體楷體母稿」也就成為現代字樣微軟視窗作業系統「標楷體」之範本。質言之，若以「標楷體」作為學術論文中標示「出版品」的視覺閱

---

1. 楊遠、倪台瑛，標點符號研究（台北市：東大，2008），138-39。

讀機能而論,「標楷體」可能也不容易達到一般字體設計評價排序要項中的誘目性(inducibility)、可讀性(readability)、判別性(legibility)標準。[2] 然而,若以早期教育部公布的「新式標點符號用法」之書名號「﹏」或中國大陸率先使用的雙尖括弧《》來標示,則此兩者在意義與精神上同樣難以周慮。儘管有更多的使用事實顯示,雙尖括弧《》被兩岸學術界用於表達中文出版品之例子頗為常見,但為求回歸西方學術界 APA 與 Chicago (Turabian) 格式等對於「italic type」的堅持與精神之一致,本書捨其他字體與尖括弧等型式,強調以「字體」而非「符號」來標明,推動「標楷體」的意義即在於此。學術引文格式規範不同於標點符號之應用,在兩相權衡下,既然學術論文引用文獻向來遵從西方規範,則接近原典所揭示之「字體」精神,來選取一種標準字,而非僅假以「符號」代行,乃為本書初衷之一。

二、期刊國際化與引文羅馬拼音

學術論文「引文羅馬化」亦是極為複雜與艱辛的工作,它的規範也成為本書內容的一大特色和挑戰。目前中文環境比較重要的「羅馬拼音」系統有威妥瑪拼音(Wade-Giles spelling system 亦稱「威妥瑪─翟理斯」或「威翟式」拼音)係發展於清末民初時期,此外,

---

2. 所謂「誘目性」指捕捉視線或視覺誘導或引導注視印刷文字的程度;「可讀性」指容易閱讀的程度,即組成文章語句與印刷文字之導讀程度;「判別性」則是文字之間與字形之間的差異判斷與識別程度。參見林昆範,「文字造形與設計應用之研究」,人文與社會科學簡訊 11 卷,1 期(2009 年 12 月):46。

尚有漢語拼音、通用拼音、國音第二式和耶魯拼音等。[3] 儘管台灣政府於 2002 年鼓勵「通用拼音」之使用，試圖使用羅馬化譯音標準方案，解決台灣中文譯音使用版本紊亂之情況，但因習慣與歷史等因素，「威妥瑪拼音」因昔日外交部、海關和教會的採用而廣為應用，時至今日，仍為大部分台灣人名與地名之最主要與普遍採用的「羅馬拼音」標準。在另一方面，1958 年起中國大陸所採行的「漢語拼音系統」成為漢語普通話讀音之標注，1977 年復經聯合國決議「漢語拼音」為中國地名羅馬字母拼寫法的國際標準，而為聯合國所推廣與使用。

國際著名的引文格式規範工具書（不論是 APA、Chicago 或 Turabian 等手冊）都曾或多或少針對非英語文獻提出不同程度的「翻譯要求」，譬如將「意譯」後的英文題名置於方括號之中，以便讓所有使用者瞭解該引用文獻的題意。然而，此「意譯」作業不僅耗時且不見得貼切原文旨意。事實上，不論「意譯」或「音譯」都有其困擾，因為它們可能並非是原文獻的並列題名（parallel title），而是在未取得原作者的授意和認同下，即透過引用者逕行翻譯出的「變造題名」。[4]「音譯」雖可避免「意譯」之尷尬，但對於不懂原文獻語種之使用者與讀者而言，卻仍不得其解。「音譯」或「意譯」

---

3. 相對於「國音第一式」的ㄅㄆㄇㄈ注音符號，「國音第二式」係臺灣教育部於 1986 年公告之拼音法，惟始終未獲得行政院認可，現時已少為人知；漢語專用的「耶魯拼音」係二次大戰時，美軍根據我國的「譯音符號」，編成耶魯式拼音系統，長久來通行於西方粵語學界，香港對外粵語教學也多採用此拼音系統。

4. 所謂「並列題名」係指刊物之正題名之外，在刊物之主要著錄來源處（如：書名頁、版權頁），由原作者給該刊物另行加上不同語文之題名。

已陷入兩難的困境。從「音譯」的角度觀察一般所謂「羅馬拼音」意謂以拉丁語系字母所發展成的拼音系統，不論是稱「拉丁化」、「羅馬字」、「拼音化」、「音譯」、「英譯」或甚至稱作「英文化」，稱法相當多元。針對於此，本書概稱「羅馬化」（romanization）以簡化意見與稱謂上的分歧。

一如這本書的正題名：「學術期刊羅馬化」，學術期刊中文引用文獻為何需要「羅馬化」？就現實角度而言，現今學術期刊中文引用文獻需要「羅馬化」之主要目的就在於：並非僅僅單純為了協助不諳中文之讀者辨識中文引用文獻之用；而是以便利西方學術期刊引文索引資料庫（citation index database）業者辨識中文引文資料，執行收錄和編製引文索引作業為最核心之需求。近年來由於 Thomson Reuters 與 Elsevier 旗下引文索引資料庫之收錄政策中，不約而同地指出：學術期刊申請收錄審核前，應該做好許多自身的評估工作，其中清楚地要求非「羅馬拼音」語系的期刊必須具備「羅馬拼音的參考文獻」（references in Roman script）或英文書目資訊（English language bibliographic information）以利選刊，在許多成功的引文索引資料庫收錄案例中，不論從實務與應用的角度上，都不難發現「引文羅馬化」的必然與重要性。因此，本書在「引文羅馬化」明確策略應用上，即為鎖定申請 Thomson Reuters 旗下 SCI、SSCI、A&HCI 等三大引文索引資料庫收錄為首要目標，以及方便 Elsevier 公司 Scopus 資料庫等之引文索引建置為要務。

國外引文索引資料庫業者講求「羅馬化」與前述引文格式規範

工具書「翻譯要求」之精神是不盡相同的。國外引文格式規範工具書過於簡化了中文引用文獻的處理問題與中文環境需求，它們向來忽略工具書訴求對象（使用者）的不同，僅依單一面向（西方的或美國的）思考邏輯陳述規定。換言之，其專以西方學者英文寫作為該工具書使用對象，而無法充分顧及華人學者之中文寫作需求，甚至也使得華人讀者反而更難以正確辨識原作品題名；此外，有時缺乏完整範例或說明，較不重視作者姓名權威控制等等，則常令人徒增猜疑。[5]在另一方面，引文索引資料庫業者也並非基於使用者閱讀之考量，而是囿於其索引編製者的語文識讀能力，不管「音譯」或「意譯」，為求便利引文索引編製作業之需求，它必須每筆引用文獻的各個欄位款目皆須對應適當的「羅馬化」字詞。兩相比較之下，為國外引文索引資料庫編製而「羅馬化」，遠比引文格式規範工具書的單純目的，更是複雜多了。

三、困境中的期許

有感於引文羅馬化之工作繁瑣程度絕不亞於其他學術論文規範之工作量，其中更是涉及海峽兩岸與其他華文地區中文作者姓名、題名、刊名等寫作慣例不同，也同樣牽涉到拼音系統和標點符號互異等問題，並非單純由任一期刊或專書規範勉力制定規則就能竟其

---

5. 相關實務案例參見 *A Manual for Writers of Research Papers, Theses, and Dissertations* 第八版 17.1.2.3 款目有關「非英文題名」（Non-English Titles）範例內容。此款目所示範例中，可見中文專書題名之漢語拼音與該書原英文並列題名兩者，識讀中文之讀者仍須費心始能解讀出原中文為「中國傳媒發展前沿探索」；若原書未具並列題名者，則 Turabian 手冊並未說明處理方式。

功。本書所呈現的學術期刊引文羅馬化各項建議內容，並非每一位投稿作者都有能力獨自應用處理，故「引文羅馬化」作業應該由期刊出版發行者承擔更多的責任，必須委由期刊編輯者代為執行，而非寄望於作者自行編輯。

由於現行許多中文期刊與少數台灣發行的外文期刊為追求國際化，以及希望擁有國外引文索引資料庫收錄之成就，而力求將稿件內之中文引用文獻「羅馬化」，但卻苦無可遵循參照之規範，因此，本書謹慎訂定引文羅馬化參考規範，推出專為中文學術期刊編輯者與寫作者之便覽，對於諸多中文字詞羅馬化等相關規範，應當能遠比任何國外引文格式工具書更為適切，同時也兼俱了學術與實務價值。但這項重大的編輯制度化工程，若純基於引文索引資料庫編製作業的需求，邏輯上似乎該由 Thomson Reuters 或 Elsevier 旗下的引文索引資料庫業者本身發起與制定相關規則；抑或從純學術規範的政策觀念下，也可以更積極地轉由政府機構（譬如：科技部與教育部）或學術團體來主動倡議輔導。很遺憾的是政府不論在修訂學術論著參考書目格式國家標準，或此引文羅馬化之討論與協助上，應有的積極作為卻都付之闕如；至於學術團體對於中文引文格式的制定則難有共識，同樣缺乏統籌規劃的決心與恆心。

中文「羅馬化」本身即為文化與政治、國際化與本土化場域交錯形成的路線之爭，顯然我們一直處於困境和劣勢。然而，平心而論卻也不必然悲觀，或許我們的心態應該可更豁達一些，將國際化視作友善環境之手段，可以期許未來有更多本土學術期刊和著作可與歐美國家學術刊物競爭媲美。本書不必然是一種絕對的「標準」，它只是對於中文學術環境下的引文格式，提出一些可供執行的「規範」，精神在於讓使用者瞭解引文格式規範下「堅持」與「妥協」的挑戰為何？從而追求較佳的平衡點。我們期待本書能引起學者和學術編輯社群的迴響，或藉由學術社群與團隊的力量，可以持續進行改版與增修，未來也希望擴及更多適合人文社會科學學域參照的引文格式種類，使得本書更臻於成熟與完備。

邱炯友　謹識

編輯凡例與說明

1. 本書之編印目的在於提供人文社會學者、研究生與學術出版編輯
   者共同使用之中文學術論文引文格式規範。為幫助使用者撰寫
   中文學術論著時,能夠參照具規範作用的引文共通格式,將其
   運用至各種中英文參考文獻類型之中;此外,本書特別涵蓋引
   用文獻格式羅馬化之目的,則在於擬訂學術期刊編輯人員後製
   中文羅馬化之參照規則與標準,提供作者稿件文後中文參考資
   料羅馬化拼音之需,俾使中文學術期刊能於未來申請國際引文
   索引資料庫收錄時,奠立成功基礎。

2. 本書所據之底本係根據 2010 年美國心理學會(American
   Psychological Association)所出版的 *Publication Manual of the
   American Psychological Association* 第六版格式規範(以下簡稱
   APA 格式)以及 2013 年美國芝加哥大學出版社(University of
   Chicago Press)所出版的 *A Manual for Writers of Research Papers,
   Theses, and Dissertations* 第八版格式規範彙編而成,以下簡稱
   Chicago (Turabian) 格式。

3. 本書保留底本原編定之細項號碼,逐一對應標示於本書新編之各
   項「範式」標題後,例如:APA 格式期刊文章 [7.01.1] 可參照該
   六版格式規範原文底本之序號 7.01.1 項目說明;Chicago (Turabian)
   格式圖書作者 [17.1.1] 可參照 Chicago (Turabian) 格式第八版原文
   底本 17.1.1 序號之說明。保留這些序號之目的在於維持「範式」、

「範例」與底本關聯性，並提供使用者溯源查索之便捷。本書所舉中英文範例大部分保留真實參考書目資料，但少部分則因權宜之便，而為自行創想之參考書目資料。

4. 本書以篇章內容呈現，共分成三篇六章，具有兩種不同層次之使用目的。前二篇主述 APA 與 Chicago (Turabian) 格式中文學術寫作應用，係專為華人學者中文學術論著與期刊編輯之目的而作；最後一篇著重於中文引文羅馬化之應用，除同具上述目的之外，則進一步為了幫助西方學者與索引編製者全面識讀中文引文之用。

5. 第一篇 APA 格式及第二篇 Chicago (Turabian) 格式均先臚列英文範式及範例，隨後再依序呈現中文範式及範例，以便使用者對照參考。第一篇主要收錄 APA 格式所規範的「著者－日期（出版年）」（author-date）體系之文末參考文獻（reference），主要係行文之間的正文標註方式，以及文末參考文獻編排方式等兩要項。然而 APA 格式中亦有所謂內容註（content note）形式，必須以腳註（footnote）方式呈現於當頁下緣，以為說明與補充。

6. 本書第二篇主要收錄 Chicago (Turabian) 格式最為人熟悉，以及最常被人文或部分社會科學領域之學者採用的「註釋（note）和參考書目（bibliography）」引註相互搭配之格式。[6] Chicago

_____

6. Chicago (Turabian) 格式涵蓋兩款引文格式：Note-bibliography style（有時簡稱為 Bibliography style）和 Author-date style（昔稱為「圓括弧引文參考格式」Parenthetical citations-reference list style）。前款廣為人文學領域和部分社會學領域所使用；後款則為大部分社會學領域所使用。然而，一般而言，若採用 Chicago (Turabian) 格式則常以

(Turabian) 格式之「註釋」格式係屬一種連續註釋法（running notes）體系，其相關「註釋」皆以內文中所出現之引用先後次序編號，並將編號上標於該引用句末；「參考書目」則去除重複註釋資料後，依姓氏英文字母順序、中文姓氏筆劃及筆順（點橫直撇捺）為序列。[7]

7. 以使用者撰寫期刊論文而言，Chicago (Turabian) 格式通常無須呈現「參考書目」內容而僅列出「註釋」內容即可。若欲投稿之期刊出版社無特別要求使用腳註或文末註（endnote）時，Chicago (Turabian) 格式通常則是建議使用者在文章最後篇幅以文末註的方式，將所有引用文獻按註釋號碼順序列出，並以「註釋」一詞當作標題用來區分正文與後續的各筆引註資料。此種呈現方式除了可避免因大量腳註影響文章排版，甚至未來亦較便利於引文資料庫業者之編製作業。

8. 本書第三篇進一步收錄 APA 以及 Chicago (Turabian) 此二種格式之羅馬化規範。此內容除了包含羅馬化編排之處理使用原則外，另依 APA 與 Chicago (Turabian) 格式各作羅馬化範式和範例說明。不同於一般引文格式工具書大都僅簡捉規定「意譯」篇名置於

Note-bibliography style 為主，至於 Author-date style 社會學學者通常習慣採 APA 格式標準。

7. 圖書、論文與研究報告採用 Chicago (Turabian) 格式時，除引用「註釋」之外，「參考書目」常一併出現於著作中。為了指引讀者做更廣泛之閱讀，可再適度增加若干建議參考書目與文獻，但不宜過份虛增，造成偽學術（pseudo academic）之假象。另一方面，此「參考書目」筆數扣除先前重複之「註釋」外，亦可再刪除以下各類資料：報紙文章、西方早期已為人所知之名著或戲劇、聖經金句、字典百科、摘要小冊子等摘錄式文獻、未出版之訪問稿與張貼於網路社群之言論等、個人文獻和手稿，現場表演藝術作品、法律條文與訴訟案等（見原文底本 16.2.3）。總之，依上述精神與原則，同篇之「參考書目」可以少於或多於原「註釋」筆數。

方括號內之要求，本書針對各項引文欄位，例如；作者、篇名、書刊名、出版項、附註項等等，皆有一定之翻譯建議，此作業規範主要目的乃是為了便於國外英文學術期刊引文索引資料庫辨識中文參考資料，進行收錄與引文索引編製而訂。然而，以目前現實環境而言，中文參考資料各相關欄位羅馬化拼音之目的，主要係因應學術期刊之國外引文資料庫收錄需求而生，具有明顯的針對性，其中 Chicago (Turabian) 格式規範僅針對學術期刊必須具備之「註釋」部分進行羅馬化作業，對於非期刊論文所必備之「參考書目」部分，本書並未予以編製。

9. 本書有關於引文羅馬化編排處理及範例使用說明，因應「漢語拼音」已為國際間最主要之羅馬化標準，但為兼及學術國際接軌與台灣之國情，仍以上揭「威妥瑪拼音」與「漢語拼音」二種拼音系統為基準。在兼顧使用習慣與事實為最大使用原則之下，對國際通用地名或沿用已久之地名以習慣著錄，以利西方學者與華人學者皆可輕易識讀為目的；而中文作者姓名之地域性，得從其原有譯音方式，採其原正式與習慣拼音法，以利索引權威控制。惟對於原文獻所刊印之中文作者英譯姓名前後排列狀況，必要時，應依原引文格式規範之要求重做排序，以分辨姓氏與名字，以提高作者名權威控制之效果。

例如：習近平 Xi Jinping
APA 羅馬化→習近平 [Xi, Jinping]
Chicago (Turabian) 註釋（note）羅馬化→習近平 [Jinping Xi]
Chicago (Turabian) 參考書目（bibliography）羅馬化→習近平 [Xi, Jinping]

例如：李登輝 Teng-hui Lee
APA 羅馬化→李登輝 [Lee, Teng-Hui]
Chicago (Turabian) 註釋（note）羅馬化→李登輝 [Teng-Hui Lee]
Chicago (Turabian) 參考書目（bibliography）羅馬化→李登輝 [Lee, Teng-Hui]

（本書台灣作者名之音節前後首字母採大寫字）

此外，其英譯姓名首字大小寫字母亦應留意一致性；本書另於第四章針對羅馬化規範有著更詳細完整的說明。

10. 本書所涵蓋中國大陸作者之著作文獻一概轉成正體字呈現，但遇作者姓名正簡體中文字為同義不同字時，仍應維持原作者慣用簡體字姓，例如：蕭與肖、莊與庄等。

11. 在中文寫作環境下，楷書在近代已成為中華文化正式書寫文字之主流，其歷史地位及意義堪比西方「italic type」（義大利字體）且名實相符。因此本書主張將西方「italic type」對應常作為主體漢字的國字標準字體楷書－電腦系統中的「標楷體」，換言之，中文正式出版品等皆以「標楷體」呈現，而非以電腦將固有漢字或常用之內文字體（如：細明體、楷體等）斜體化，產生傾斜變體文字。然而，本書使用者仍可依投稿或著作所必須遵從之實際規定，來變更此一建議。

12. 本書針對以中文撰寫之正文，中英文標點符號之全形半形無法辨別使用時，建議若為中文字之後，則使用全形符號；反之，若為英文字或阿拉伯數字後，則使用半形符號。使用者對於前述建議仍應考量自身所屬出版單位之編輯要求，而保持出版品標點符號全形半形之一致性。

13. 因應資訊科技時代網路資源運用之需求，所衍生出來的數位物件識別號（Digital Object Identifier，以下簡稱 DOI 識別碼）目前大多為學術期刊、專書及碩博士論文等文獻資料所利用，為提醒使用者於引用數位文獻時明列網址，並以採用 DOI 優於僅列一般網址。換言之，即便本書在中英文範式中，交互或同時列出 DOI 識別碼與其他 URL 檢索網址之情況，使用者在引用上述文獻資料時，若該資料已具有 DOI 識別號，應優先著錄該碼，而毋須再著錄一般檢索網址。綜言之，以下若干現象必須提醒注意：(1) 即使是引用學術資料庫全文資料時，仍應優先採用 DOI 識別碼或 DOI 檢索網址；(2) APA 格式規範之 DOI 呈現方式為直接顯示識別碼即可，但 Chicago (Turabian) 格式則要求以完整 URL 檢索網址（http://dx.doi.org/）呈現之；(3) APA 格式規範指出 URL 網址貼入引文內之後不再以句點（period）做結尾，因為使用 URL 乃是屬於一種「檢索問題而非格式問題」（This is not a style issue but a retrieval issue），但 Chicago (Turabian) 格式則仍須以句點結束該 URL 網址。

14. 本書盡可能維持 APA 與 Chicago (Turabian) 此二種學術規範底本
之基本精神與原則，針對中文寫作環境提供必要之中文格式相
關建議。但仍無法詳述與列舉此二種學術規範手冊中所有格式
規定，僅能提出目前學者較常引用的資料類型之中文化轉換建
議。本書所列格式與規範若有疑議，仍須回歸至原典底本格式
手冊，以其規範為準則，或以一致性原則自行增編中文條例。

第一篇
APA 格式

第一章
APA 格式
參考文獻（reference）規範

　　說明：本格式之部分英文例句取自 American Psychological Association, *Publication Manual of the American Psychological Association,* 6th ed. (Washington, DC: American Psychological Association, 2009)。範例若有不足之處，請逕參閱該書。採用本格式時，亦請留意年代（西元年號）、出版品（標楷體）有別於其餘字體（新細明體）之特別要求。

一、不同參考文獻類型之範式

（一）定期刊物（**Periodicals**）

1. 期刊文章 [7.01.1; 7.01.3]

英文範式：

Author, A. A. (Year). Title of article. *Title of Journal, xx*(x), xxx-xxx. doi:10.xxxx or Retrieved from http://xxxxxxxxx

範例：

Elleman, B. (1986). Picture book art: Evaluation. *Booklist, 82,* 154-158.

Gartner, R. (2013). Parliamentary metadata language: An XML approach to integrated metadata for legislative proceedings. *Journal of Library Metadata, 13*(1), 17-35. doi:10.1080/193863 89.2013.778728

Kao, C.-Y. (2013). Church as "women's community": The feminization of Protestantism in contemporary China. *Journal of Archaeology and Anthropology, 78,* 107-140. doi:10.6152/jaa.2013.06.0004

中文範式：

作者（xxxx）。文章題名。期刊刊名，*xx*(x)，起訖頁碼。doi:10.xxxx 或檢索自 http://xxxxxxxxx

範例：

林世強（2013）。金門島嶼型災害特性及規模設定方法之探討。地理學報，*69*，1-24。doi:10.6161/jgs.2013.69.01

林雯瑤、邱炯友（2012）。教育資料與圖書館學四十年之書目計量分析。
教育資料與圖書館學，*49*(3)，297-314。檢索自 http://joemls.dils.
tku.edu.tw/fulltext/49/49-3/297-314.pdf

賈立人、蘇銘德（2013）。新北市三重區越南女性新住民文化適應之
研究。網路社會學通訊期刊，*112*。檢索自 http://society.nhu.edu.
tw/e-j/112/A14.pdf

◎補充說明：

若期刊每期頁數均為獨立編碼者，必須於卷數後面使用圓括弧，並在圓括
弧中列出期數。每期未獨立編碼者，可視情況而不列期數。

---

2. 非英文之期刊文章 [7.01.4]

拉丁語系文獻範式：

Author, A. A. (Year). Original title of article [English title of article].
Title of Journal, *xx*(x), xxx-xxx. doi:10.xxxx or Retrieved from
http://xxxxxxxxx

範例：

Florin, A., Guimard, P., & Nocus, I. (2002). Les évaluations des
enseignants et la prédiction des compétences langagières de
leurs élèves: Études longitudinales à l'école maternelle et
élémentaire [The evaluations realized by teachers and the
prediction of language competences of their pupils: longitudinal
studies in kindergarten]. *Le Langage et l'homme*, *37*(2), 175-
190.

東方語系文獻範式 I：

Author, A. A. (Year).Transliterated title of article [English title
of article]. *Transliterated Title of Journal* [English Title of
Journal], *xx*(x), xxx-xxx. doi:10.xxxx or Retrieved from http://
xxxxxxxxx

範例：

Tomomi, M., Tomiyo, K., & Yang, M.-S. (2011). Taiwan niokeru nihon imeji keisei: Katei kankyou daishu bunka oyobi rekishi kyouiku wo shouten toshite [A case study of factors influencing images of Japan in Taiwan: Interviews with Taiwanese young adults]. *Ochanomizu Joshi Daigaku Jimmon Kagaku Kenkyuu* [Ochanomizu University Studies in Arts and Culture], *7*, 73-85. Retrieved from http://teapot.lib.ocha.ac.jp/ocha/bitstre am/10083/50691/1/06_73-85.pdf

---

◎ **補充說明：**

範式 I 限以英文為主要書寫語言者使用。APA 第六版僅針對拉丁語系文獻進行著錄規範，卻未在手冊中明確說明應如何著錄東方語系文獻，但根據 APA 官方部落格對於此一項目之實例及回應如下：

> Motoki, S. (Producer), & Kurosawa, A. (Director). (1954). *Shichinin no samurai* [Seven samurai; motion picture]. Japan: Toho.

作者英文姓名著錄後，列出原始正題名音譯（transliterated）過後之拼音，再以方括號置入英文意譯題名但不使用 italic 字體；出版項等資訊亦以英文為主。

其他詳細資訊可參考以下網址：http://blog.apastyle.org/apastyle/2010/08/apples-to-%D7%AA%D7%A4%D7%97%D7%99%D7%9D.html

---

東方語系文獻範式 II：

作者（xxxx）。原始文章題名。期刊刊名，*xx*(x)，起訖頁碼。doi:10.xxxx 或檢索自 http://xxxxxxxxx

範例：

朱睨淑（2003）。日本語を母語としない児童の母語力と家庭における母語保持：公立小学校に通う韓国人児童を中心に。言語文化と日本語教育，*26*，14-26。檢索自 http://teapot.lib.ocha.ac.jp/ocha/bitstream/10083/50375/1/02_014-026.pdf

---

◎補充說明：

範式 II 限以中文為主要書寫語言者使用。在引用東方語系文獻時，直接著錄原始資訊不做任何翻譯，僅於羅馬化作業時才進行英譯程序，詳細規範請參考本書第三篇第五章。

3. 預定發行之線上期刊文章 [7.01.5]

英文範式：

Author, A. A. (Year). Title of article. *Title of Journal*. doi:10.xxxx or Retrieved from http://xxxxxxxxx

範例：

Lee, T.-R., Lee, J. S., & Muhos, M. (2013). Formulating a business management strategy for e-shopping websites using management analysis. *Journal of E-Business*. doi:10.6188/ JEB.2013.15(3).05

中文範式：

作者（xxxx）。文章題名。期刊刊名。doi:10.xxxx 或檢索自 http://xxxxxxxxx

範例：

陳品邑、毛俊傑、陳子英（2013）。烏石鼻海岸自然保留區的植群分類與製圖。宜蘭大學生物資源學刊。doi:10.6175/job.2013.09.12

◎ 補充說明：

期刊出版社為避免出版時滯，將已通過審查但未正式排版完成之期刊文章，先行分派 DOI 數位物件識別碼或 URL 資源定位網址，得以在網路上優先迅速公開。但使用者仍必須持續更新資訊，直至最後發行之版本。

4. 作者自行上傳至預印本典藏庫之期刊文章 [7.01.6]

英文範式：

Author, A. A. (in press). Title of article. *Title of Journal*. Retrieved from http://xxxxxxxxx

範例：

Briscoe, R. (in press). Egocentric spatial representation in action and perception. *Philosophy and Phenomenological Research*. Retrieved from http://cogprints.org/5780/1/ECSRAP.F07.pdf

中文範式：

作者（付梓中）。文章題名。期刊刊名。檢索自 http://xxxxxxxxx

範例：

雷振宇（付梓中）。旅行的意義：美籍人士旅台經驗之研究。旅遊學刊。檢索自 http://tkuir.lib.tku.edu.tw:8080/dspace/handle/987654321//1987/1987.05.16.pdf

---

◎補充說明：

期刊出版社若未提供「預定發行之線上期刊文章」，且同意作者將已通過審查但未正式排版完成之期刊文章，自行上傳至「預印本典藏庫」即可使用本項格式。但使用者仍必須持續更新資訊，直至最後發行之版本。

---

5. 雜誌文章 [7.01.7; 7.01.8]

英文範式：

Author, A. A. (Year, Month). Title of article. *Title of Magazine, xx*(x), xxx-xxx. doi:10.xxxx or Retrieved from http://xxxxxxxxx

範例：

Mann, M. E. (2013, June). Placing vast arrays of mirrors in space has obvious economic feasibility issues. *BBC Knowledge India*. Retrieved from http://downmagaz.com/science_magazine/16067-bbc-knowledge-india-june-2013.html

Moscaritolo, A. (2013, August). A factory that makes factories. *PC Magazine*, 10-13.

中文範式：

作者（xxxx 年 x 月）。文章題名。*雜誌刊名*，*xx(x)*，起訖頁碼。doi:10.xxxx 或檢索自 http://xxxxxxxxx

範例：

王聰威（2013 年 1 月）。最久的一份工作。*聯合文學*，*339*。檢索自 http://tw.magv.com/privew3.aspx?MUID=336553

焦元溥（2013 年 2 月）。張愛玲點唱機。*PAR 表演藝術*，*242*，41。

6. 報紙文章 [7.01.10; 7.01.11]

英文範式：

Author, A. A. (Year, Month Date). Title of article. *Title of Newspaper*, pp. xx-xx. Retrieved from http://xxxxxxxxx

範例：

Bartley, N. (2013, August 22). Ruling opens door to replacing Renton's iconic 'bridge' library. *The Seattle Times*. Retrieved from http://seattletimes.com/html/home/index.html

Dollar, S. (2013, June 18). Arts: Dumbo firm offers Apps for at-home publishers. *Wall Street Journal, Eastern Edition*, pp. A.21-A.22.

中文範式：

記者或作者（xxxx 年 x 月 x 日）。文章名稱。報紙名稱，版次。
檢索自 http://xxxxxxxxx

範例：

李偉文（2013 年 9 月 8 日）。幸福的條件。聯合報，P12 版。

李怡芸（2013 年 6 月 26 日）。出版談判應對等。旺報。檢索自 http://
www.chinatimes.com/

◎補充說明：

若取自網路的報紙文章僅需寫出官網首頁網址，為避免連結失效，不必
列出該文章之詳細網址。

---

7. 引用期刊之特刊或專欄 [7.01.12]

英文範式：

Editor, A. A. (Ed.). (Year). Title of special issue/section [Special
issue/section]. *Title of Journal, xx*(x), xxx-xxx. doi:10.xxxx or
Retrieved from http://xxxxxxxxx

範例：

Hassan, A. S., Khozaei, F., & Razak, A. A. (Eds.). (2012).
Sustainable architecture and urban design: Planning & cultural
design [Special issue]. *International Transaction Journal of
Engineering, Management, & Applied Sciences & Technologies,
3*(3). Retrieved from http://www.tuengr.com/Vol33.html

Liang, T.-P. (Ed.). (1993). Research in integrating learning
capabilities into information systems [Special section]. *Journal
of Management Information Systems, 9*(4), 5-15. Retrieved from
http://www.ecrc.nsysu.edu.tw/liang/paper/09-integrating%20
learning.pdf

中文範式：

當期編者（編）（年代）。當期主題〔特刊／專欄〕。期刊刊名，*xx*(x)，起訖頁碼。doi:10.xxxx 或檢索自 http://xxxxxxxxx

範例：

傅祖壇、張靜貞（編）（2012）。2012 生產力與效率〔特刊〕。應用經濟論叢，*41*。檢索自 http://nchuae.nchu.edu.tw/tc/modules/articles/article.php?id=51

林茉莉（編）（2013）。去中國留學：旅中台生的學習環境與學習態度相關之研究〔專欄〕。多元文化與教育，*78*(4)，78-84。doi:10.1983/mtae.2013.78.4

（二）圖書、參考書、圖書章節（Books, Reference Books, and Book Chapters）

1. 特定版本／版次 [7.02]

英文範式：

Author, A. A. (Year). *Title of the book* (xx ed.). Location: Publisher.

範例：

Russell, S., & Norvig, P. (2003). *Artificial intelligence: A modern approach* (2nd ed.). Upper Saddle River, NJ: Prentice Hall.

中文範式：

作者（年代）。書名（版本／版次）。出版地：出版者。

範例：

謝冰瑩、應裕康、邱燮友、黃俊郎、左松超、傅武光…黃志民（2012）。
　新譯古文觀止（增訂五版）。台北市：三民。

> **◎補充說明：**
>
> 書籍資訊若需註明可計量之卷冊數、期數、號數等，均以阿拉伯數字
> 表示，惟版次以國字數字表示。版本／版次呈現方式，如下所示：
> 二版（2nd ed.）；三版（3rd ed.）；四版（4th ed.）；五版（5th ed.）；
> 修訂／增訂版（Rev. ed.），以此類推。

2. 紙本圖書 [7.02.18]

英文範式：

Author, A. A. (Year). *Title of the book.* Location: Publisher.

範例：

Wildemuth, B. M. (2009). *Applications of social research methods
　to questions in information and library science.* Westport, CT:
　Libraries Unlimited.

中文範式：

作者（年代）。書名。出版地：出版者。

範例：

邱炯友（2006）。學術傳播與期刊出版。台北市：遠流。

3. 紙本圖書之電子版 [7.02.19]

英文範式：

Author, A. A. (Year). *Title of the book* [E-reader version]. Location: Publisher. doi:10.xxxx or Retrieved from http://xxxxxxxxx

範例：

de Saint-Exupéry, A. (1971). *The little prince* [Adobe Digital Editions version]. San Diego, CA: Harcourt Brace. Retrieved from http://www.ebookstube.com/book/the-planet-of-libris-the-little-prince-series-book-11-bn3049473.html

中文範式：

作者（年代）。書名〔閱讀載具版〕。出版地：出版者。doi:10. xxxx 或檢索自 http://xxxxxxxxx

範例：

陳穎青（2010）。老貓學數位〔iPad 版〕。台北市：貓頭鷹。檢索自 http://www.cite.com.tw/ereadingnow_book_detail?products_id=17127

4. 僅有電子版本之圖書 [7.02.20]

英文範式：

Author, A. A. (Year). *Title of the book.* doi:10.xxxx or Retrieved from http://xxxxxxxxx

範例：

Carr, P. (2008). *Bringing nothing to the party: True confessions of a new media whore.* Retrieved from http://tctechcrunch2011.files.wordpress.com/2009/12/bnttpsonyreader.pdf

中文範式：

作者（年代）。書名。doi:10.xxxx 或檢索自 http://xxxxxxxxx

範例：

雷振宇（無日期）。旅行的意義。doi:10.1658/1986.05.16

5. 翻譯作品 [7.02.26]

i. 英文翻譯作品

英文範式：

Author, A. A. (Year). *Title of the book* (B. B. Translator, Trans.).
Location: Publisher. doi:10.xxxx or Retrieved from http://
xxxxxxxxx (Original work published Year)

範例：

Cardenal, J. P., & Araújo, H. (2013). *China's silent army: The
pioneers, traders, fixers, and workers who are remaking the
world in Beijing's image* (C. Mansfield, Trans.). New York, NY:
Crown Publishers. (Original work published 2011)

ii. 中文翻譯作品，原作者有中譯姓名

中文範式：

原作者中譯姓氏（Author, A. A.）（譯本出版年代）。翻譯書名（譯
者譯）。譯本出版地：譯本出版者。doi:10.xxxx 或檢索自
http://xxxxxxxxx（原著出版於 xxxx 年）

範例：

科貝特（Corbett, T.）（2013）。有效產出會計（許家褆譯）。台北市：
社團法人中華高德拉特協會。（原著出版於 1998 年）

iii. 中文翻譯作品，原作者無中譯姓名

中文範式：

Author, A. A. (譯本出版年)。翻譯書名（譯者譯）。譯本出版地：譯本出版者。doi:10.xxxx 或檢索自 http://xxxxxxxxx（原著出版於 xxxx 年）

範例：

Stevenson, W. J.（2013）。作業管理（十一版；何應欽譯）。台北市：華泰文化。（原著出版於 2011 年）

> ◎補充說明：
>
> APA 第六版未明確規定書籍版本／版次與翻譯者擺放位置應如何著錄，但根據 APA 官方部落格中針對本項回應，可看出版本／版次應列於翻譯者之前，兩者之間以分號區隔。詳細規範可參考以下網址：http://blog.apastyle.org/apastyle/2012/03/citing-an-edition-of-a-book-in-apa-style.html

6. 多卷叢書之特定卷冊 [7.02.23]

英文範式：

Author, A. A. (Year-Year). *Title of the book* (Vols. x-x). Location: Publisher. doi:10.xxxx or Retrieved from http://xxxxxxxxx

範例：

Breathed, B. (2010-2011). *Bloom county: The complete library* (Vols. 2-5). San Diego, CA: Idea & Design Works.

中文範式：

作者（起訖年代）。書名（第 x-x 卷／冊）。出版地：出版者。doi:10.xxxx 或檢索自 http://xxxxxxxxx

範例：

鄭樹森（編）（1999）。世界文學大師選（第 5-9 冊）。台北市：洪範。

章瑜崙（編）（2009-2013）。歐洲童話故事集（上、中、下冊）。台北市：夢樂文化。

◎**補充說明：**

引用多卷叢書中的特定卷冊者，不須將整套叢書卷冊範圍全數列出，僅列出所引之卷冊數即可。

書籍資訊若需註明可計量之卷冊數、期數、號數等，均以阿拉伯數字表示，惟版次以國字數字表示。若是以上、中、下或甲、乙、丙等先後順序者，則直接照錄之。

---

7. 叢書中單本著作之章節 [7.02.24]

英文範式：

Author, A. A. (Year). Title of chapter. In B. B. Editor (Ed.), *Series Title: Vol. xx. Volume title* (pp. xx-xx). Location: Publisher. doi:10.xxxx or Retrieved from http://xxxxxxxxx

範例：

Ozturk, A. (2013). Translating helvetica: Travel writing, intertext and image. In A. E. Martin & S. Pickford (Eds.), *Routledge Research in Travel Writing: Vol. 6. Travel narratives in translation, 1750-1830: Nationalism, ideology, gender* (pp. 56-73). London: Routledge.

中文範式：

作者（年代）。章節題名。在編者（編），叢書名：第 *xx* 卷／冊。卷／冊名（頁 xx-xx）。出版地：出版者。doi:10.xxxx 或檢索自 http://xxxxxxxxx

範例：

馬春花（2012）。發明張愛玲、重寫文學史與後革命中國。在林幸謙（主編），聯經評論。張愛玲：傳奇‧性別‧系譜（頁 145-175）。台北市：聯經。

劉仲康（2011）。趕流行的流行性感冒。在羅時成（主編），商務科普館：第 5 冊。流感病毒，變變變（頁 20-29）。台北市：臺灣商務印書館。

◎補充說明：

書籍資訊若需註明可計量之卷冊數、期數、號數等，均以阿拉伯數字表示，惟版次以國字數字表示。若是以上、中、下或甲、乙、丙等先後順序者，則直接照錄之。

---

8. 書中之章節 [7.02.25]

英文範式：

Author, A. A. (Year). Title of chapter. In B. B. Editor (Ed.), *Title of book* (pp. xx-xx). Location: Publisher.

範例：

Mazzie, M. (2000). Key challenges facing the evolution of knowledge management. In T. K. Srikantaiah & M. E. D. Koenig (Eds.), *Knowledge management for information professional* (pp. 99-114). Medford, NJ: Information Today.

中文範式：

作者（年代）。章節題名。在編者（編），書名（頁 xx-xx）。出版地：出版者。

範例：

蕭雄淋（2013）。著作權的基本概念。在電子書授權契約就該這樣簽：電子書兩岸授權契約範本與注意事項手冊（頁 1-17）。台北市：城邦文化。

9. 參考工具書 [7.02.27]

英文範式：

Author, A. A. (Year). *Title of the reference book*. Location: Publisher.

範例：

Chapelle, C. A. (Ed.). (2013). *The encyclopedia of applied linguistics* (Vol. 1). Chichester, England: Wiley-Blackwell.

Reitz, J. M. (2004). *Dictionary for library and information science*. Westport, CT: Libraries Unlimited.

中文範式：

作者（年代）。參考工具書名。出版地：出版者。

範例：

胡述兆（主編）（1995）。圖書館學與資訊科學大辭典（上冊）。台北市：漢美。

太陽國際出版社編輯委員會（主編）（1987）。中國文寶（第 1 冊）。台北市：太陽國際。

10. 參考工具書中有作者署名之詞條 [7.02.29]

英文範式：

Author, A. A. (Year). Title of entry. In B. B. Editor (Ed.), *Title of the reference book* (Vol. x, pp. xx-xx). Location: Publisher. Retrieved from http://xxxxxxxxx

範例：

Munro, M. J. (2013). Intelligibility. In C. A. Chapelle (Ed.), *The encyclopedia of applied linguistics* (Vol. 5, pp. 2732-2738). Chichester, England: Wiley-Blackwell.

Reitz, J. M. (2004). *Illuminated.* In *Dictionary for library and information science* (p. 348). Westport, CT: Libraries Unlimited.

中文範式：

作者（年代）。詞條名。在編者（編），參考工具書名（第 xx 卷／冊，頁 xx-xx）。出版地：出版者。檢索自 http:// xxxxxxxxx

範例：

陳雅文（1995）。疊慧法。在胡述兆（主編），圖書館學與資訊科學大辭典（下冊，頁 2481）。台北市：漢美。

◎補充說明：

書籍資訊若需註明可計量之卷冊數、期數、號數等，均以阿拉伯數字表示，惟版次以國字數字表示。若是以上、中、下或甲、乙、丙等先後順序者，則直接照錄之。

---

11. 參考工具書中無作者署名之詞條 [7.02.30]

英文範式：

Title of entry. (Year). In A. A. Editor (Ed.), *Title of the reference book* (Vol. xx, pp. xx-xx). Location: Publisher. Retrieved from http:// xxxxxxxxx

範例：

Amniocentesis. (2010). In A. O'Reilly (Ed.), *Encyclopedia of motherhood* (Vol. 3, p. 1297). Thousand Oaks, CA: Sage Publications.

中文範式：

詞條名（年代）。在編者（編），參考工具書名（第 xx 卷／冊，頁 xx-xx）。出版地：出版者。檢索自 http://xxxxxxxxx

範例：

海峽交流基金會成立（2000）。在戴月芳、羅吉甫（主編），台灣全記錄（再版，頁 894）。台北市：錦繡文化。

◎補充說明：

書籍資訊若需註明可計量之卷冊數、期數、號數等，均以阿拉伯數字表示，惟版次以國字數字表示。若是以上、中、下或甲、乙、丙等先後順序者，則直接照錄之。版本／版次呈現方式，如下所示：二版（2nd ed.）；三版（3rd ed.）；四版（4th ed.）；五版（5th ed.）；修訂／增訂版（Rev. ed.），以此類推。

（三）技術報告和研究報告（**Technical and Research Reports**）[7.03]

英文範式：

Author, A. A. (Year). *Title of report* (Report No. xxx). Location: Publisher. Retrieved from Agency name website: http://xxxxxxxxx

範例：

Tolliver, D., Lu, P., & Benson, D. (2013, May). *Analysis of railroad energy efficiency in the United States* (MPC Report No. 13-250). Fargo, ND: Mountain-Plains Consortium. Retrieved from Transportation Institute of North Dakota State University website: http://www.mountain-plains.org/pubs/pdf/MPC13-250.pdf

Lavy, V., & Sand, E. (2012). *The friends factor: How students' social networks affect their academic achievement and well-being?* (NBER working paper series No. 18430). Cambridge, MA: National Bureau of Economic Research.

White, J. (2009). *Illinois State library strategic plan: 2008-2011. Progress report* (ERIC No. ED514956). Springfield, IL: Illinois State Library.

中文範式：

作者（年代）。報告名稱（報告編號）。出版地：出版者。檢索自機構名網站：http://xxxxxxxxx

範例：

鄧華真（2012）。日本與台灣病媒蚊及病媒蚊傳播之病原基因關係
（DOH 101-DC-2036）。台北市：疾病管制局研究檢驗中心。檢
索自衛生福利部疾病管制署網站：http://www.cdc.gov.tw/uploads/
files/1330770e-49ec-47bd-b8f0-aa538f1cfd92.pdf

唐牧群（2012）。應用社會網絡分析於 *aNobii* 網路社群使用者之偏好
研究（NSC 100-2410-H-002-137）。台北市：國立臺灣大學圖書
資訊學系暨研究所。檢索自行政院國家科學委員會網站：http://
statistics.most.gov.tw/was2/award/AsAwardMultiQuery.aspx

（四）會議和專題研討會（**Meetings and Symposia**）

1. 投稿至專題研討會的論文（**Symposium contribution**）[7.04.36]

英文範式：

Author, A. A. (Year, Month). Title of paper. In B. B. Chairperson
(Chair), *Title of symposium*. Symposium conducted at the
meeting of the Organization Name, Location.

範例：

Kallestrup-Lamb, M., Kock, A. B, & Kristensen, J. (2014, May).
Lassoing the determinants of retirement. In A. B. Kock
(Chair), *The 10th international symposium on econometric
theory and applications*. Symposium conducted at the meeting
of the Institute of Economics, Academia Sinica and Taiwan
Econometric Research, Taipei, Taiwan.

中文範式：

作者（xxxx 年 x 月）。文章題名。在會議主持人（主持），會議名稱。主辦單位主辦，舉行地點。

範例：

林騏華（2012 年 7 月）。飛機選型現狀及發展方向。在郭綠瑩（主持），*2012 年第十一屆航空系統應用研討會*。華夏飛機工程學會主辦，新北市。

2. 在會議中發表的論文或海報（Conference paper/ poster）[7.04.37]

英文範式：

Presenter, A. A. (Year, Month). *Title of paper/poster*. Paper/Poster session presented at the meeting of Organization Name, Location. doi:10.xxxx or Retrieved from http://xxxxxxxxx

範例：

Tullis, T., & Wood, L. (2004, June). *How many users are enough for a card-sorting study?* Poster session presented at the Annual Meeting of the Usability Professionals Association, Minneapolis, MN. Retrieved from http://home.comcast. net/~tomtullis/publications/UPA2004CardSorting.pdf

中文範式：

發表者（xxxx 年 x 月）。論文／海報名稱。研討會名稱發表之論文／張貼之海報，舉行地點。doi:10.xxxx 或檢索自 http:// xxxxxxxxx

範例：

> 吳卓翰、郭嘉真、吳金典（2012 年 10 月）。*海浪模擬*。2012 NCHC
> HPC 研討會張貼之海報，新竹市。

3. 定期出版的線上會議論文集 [7.04.38]

英文範式：

> Author, A. A. (Year). Title of paper. *Title of Proceeding, xx*(x), xxx-
> xxx. doi:10.xxxx or Retrieved from http://xxxxxxxxx

範例：

> Herculano-Houzel, S., Collins, C. E., Wong, P., Kaas, J. H., & Lent,
> R. (2008). The basic nonuniformity of the cerebral cortex.
> *Proceedings of the National Academy of Sciences, USA, 105,*
> 12593-12598. doi:10.1073/pnas.0805417105

中文範式：

> 作者（年代）。文章題名。論文集名稱，*xx*(x)，起訖頁碼。
> doi:10.xxxx 或檢索自 http://xxxxxxxxx

範例：

> 林先渝（2012）。韓語漢字語的譜系與領域別分佈。中韓
> 文化關係國際學術會議論文集，*21*，30-44。檢索自
> http://60.199.250.202/Publication/alDetailedMesh?DocID
> =P20130308002-201212-201303080020-201303080020-30-44

4. 以書籍形式出版的會議／研討會論文集 [7.04.39]

英文範式：

> Author, A. A. (Year). Title of paper. In B. B. Editor (Ed.), *Title of*

Published Proceedings (pp. xx-xx). Location: Publisher. doi:10.
xxxx or Retrieved from http://xxxxxxxxx

範例：

Verbert, K., Parra, D., Brusilovsky, P., & Duval, E. (2013).
　　Visualizing recommendations to support exploration,
　　transparency and controllability. In J. Kim, J. Nichols, & P.
　　A. Szekely (Eds.), *Proceedings of the Companion Publication*
　　of the 2013 International Conference on Intelligent User
　　Interfaces Companion (pp. 351-362). New York, NY: ACM.
　　doi:10.1145/2449396.2449442

中文範式：

作者（年代）。文章題名。在編者（編），論文集名稱（頁
　　xx-xx）。出版地：出版者。doi:10.xxxx 或檢索自 http://
　　xxxxxxxxx

範例：

蘇精（2000）。書評的雙重角色與衍生的現象。在淡江大學教育資料
　　科學學系編著，出版與圖書館學術研討會論文暨實錄（頁151-
　　159）。台北市：文華。

（五）博碩士論文（**Doctoral Dissertations and Master's Theses**）

1. 未出版之博碩士論文 [7.05]

英文範式：

Author, A. A. (Year). *Title of doctoral dissertation/master's thesis*
　　(Unpublished doctoral dissertation/master's thesis). Name of
　　Institution, Location.

範例：

Schartmann, A. (2012). *A study of thematic introduction in Beethoven's music* (Unpublished master's thesis). McGill University, Canada.

中文範式：

作者（年代）。論文名稱（未出版之博／碩士論文）。機構名稱，機構所在地。

範例：

黃文彥（2009）。開放式期刊典藏系統設計與實作：以教育資料與圖書館學為例（未出版之碩士論文）。淡江大學，台北縣。

2. 從商業資料庫取得之博碩士論文 [7.05.40]

英文範式：

Author, A. A. (Year). *Title of doctoral dissertation or master's thesis* (Doctoral dissertation/Master's thesis). Available from Name of database. (Accession/Order No. xxxxxx)

範例：

Ashmankas, B. (2012). *A value pluralist approach to political ideology: The six universal and conflicting principles from which our politics derive* (Master's thesis). Available from Digital Dissertation Consortium database. (AAT 1508698)

中文範式：

作者（年代）。論文名稱（博／碩士論文）。取自資料庫名稱。（系統編號）

範例：

> 陳淑貞（2011）。圖書資訊學領域 *Open Access* 期刊分析研究（碩士論文）。取自華藝線上圖書館。

3. 從機構資料庫取得之博碩士論文 [7.05.41]

英文範式：

> Author, A. A. (Year). *Title of doctoral dissertation or master's thesis* (Doctoral dissertation/Master's thesis). Retrieved from http:// xxxxxxxxx

範例：

> Ashmankas, B. (2012). *Case study of four school library media specialists' leadership in Louisiana* (Doctoral dissertation). Retrieved from http://wvuscholar.wvu.edu/

中文範式：

> 作者（年代）。論文名稱（博／碩士論文）。檢索自 http:// xxxxxxxxx

範例：

> 陳俊偉（2011）。政府電子書營運合作問題研究（碩士論文）。檢索自 http://etds.lib.tku.edu.tw/main/index

---

◎補充說明：

若取自授予學位機構資料庫之博碩士論文者，僅需寫出機構資料庫首頁網址，不必列出該文章之詳細網址。

---

4. 從網路取得之博碩士論文 [7.05.42]

英文範式：

Author, A. A. (Year). *Title of doctoral dissertation or master's thesis* (Doctoral dissertation/Master's thesis, Name of Institution). Retrieved from http://xxxxxxxxx

範例：

Fleck, R. J. (2012). *92.08.09 - Essential Epiphanies: A computer-music soundscape, collage and performance environment* (Doctoral dissertation, Stanford University). Retrieved from http://www.researchgate.net/publication/33703315_92.08.09_-_essential_epiphanies_a_computer-music_soundscape_collage_and_performance_environment_

中文範式：

作者（年代）。論文名稱（博／碩士論文，機構名稱）。檢索自 http://xxxxxxxxx

範例：

沈美如（2002）。公共圖書館讀者資訊素養之研究：以臺南市公共圖書館為例（碩士論文，國立中興大學）。檢索自 http://catalog.digitalarchives.tw/item/00/31/28/4b.html

5. 非美國大學出版之博碩士論文 [7.05.44]

英文範式：

Author, A. A. (Year). *Title of doctoral dissertation or master's thesis* (Doctoral dissertation/Master's thesis, Name of Institution, Location, Country). Retrieved from http://xxxxxxxxx

範例：

Matisz, C. E. (2009). *Ornithodiplostomum spp. metacercariae in fathead minnows: migration, site selection, and host response* (Master's thesis, University of Lethbridge, Alberta, Canada). Retrieved from http://hdl.handle.net/10133/779

◎補充說明：

APA 第六版規定在著錄博碩士論文之機構名稱時，僅著錄其學校名稱即可，不須進一步著錄至系所。但為保持資料之完整性及書目計量之方便性，建議使用者亦可著錄至系所。如下所示：

沈美如（2002）。公共圖書館讀者資訊素養之研究：以臺南市公共圖書館為例（碩士論文，國立中興大學圖書資訊學研究所）。檢索自 http://catalog.digitalarchives.tw/item/00/31/28/4b.html

---

（六）網路相關資源 (Websites and Other Online Communities)

1. 一般網頁

英文範式：

Author, A. A. (Year). Title of webpage. Retrieved from http:// xxxxxxxxx

範例：

Teicher, C. M. (2013). Berl's *Brooklyn Poetry Book Shop* brings poetry and community to New York. Retrieved from http://www.publishersweekly.com/pw/by-topic/industry-news/bookselling/article/59063-berl-s-poetry-book-shop-brings-poetry-and-community-to-new-york.html

中文範式：

作者（年代）。網頁題名。檢索自 http://xxxxxxxxx

範例：

陳琡分（2013）。俯瞰島嶼 20 年——齊柏林《鳥目台灣》。檢索自 http://okapi.books.com.tw/index.php/p3/p3_detail/sn/2380

2. 部落格發表的文章或張貼的影片 [7.11.76; 7.11.77]

英文範式：

Author, A. A. (Year, Month Day). Title of post [Description of form]. Retrieved from http://xxxxxxxxx

範例：

Jones, L. C. (2013, June 10). How to publish a book on Kindle and $5,383 profit in 11 days [Video file]. Retrieved from http://www.youtube.com/watch?v=X2PxP3dp4qk

中文範式：

作者〔xxxx 年 x 月 x 日〕。文章／影片名稱〔類型描述〕。檢索自 http://xxxxxxxxx

範例：

陳穎青（2010 年 2 月 2 日）。只見電子不見書〔部落格文章〕。檢索
自 http://www.contnt.net/2010/02/ebook-and-ereader.html

◎補充說明：

類型描述 [Description of form] 中英對照如下所示：

部落格評論 [Web log comment]；部落格文章 [Web log post]；部落格
影音 [Video file]；網路群組、線上論壇、討論群組張貼之訊息 [Online
forum comment]

二、常見引用格式彙整

（一）多種作者類型的引用規範

本書建議使用者在進行學術寫作時，若是於句首及句中引用
文獻則可參考表 1 格式，惟以無作者或編者資訊，而以篇名或特刊
名充當作者項，則縮稱篇名或特刊名後處裡之，例如：（"Capital
Punishment," 2004），其原特刊名為 *Capital Punishment in the United
States*，參見 APA 格式書 7.01.9; 7.01.12。

若於句尾引用則可參考表 2 格式。當處理圓括弧時，若前述語
句為中文字，則使用全形圓括弧，若前述為西文字時，則使用半形
圓括弧；此外，在編製文後參考文獻時，作者形態呈現方式可參考
表 3。

表 1 於句首及句中引用文獻的呈現方式

引用類型	在正文中第一次引用	在正文中第一次之後的引用
作者為一人	Wildemuth (2009) 邱炯友（2006）	Wildemuth (2009) 邱炯友（2006）
作者為二人	Buchanan 與 Henderson (2009) 蕭家捷與賴文智（2013）	Buchanan 與 Henderson (2009) 蕭家捷與賴文智（2013）
作者為三至五人	Brooks、Ffolliott 與 Magner (2013) 王曉璿、黃昭儒、林志宏與吳 浚瑋（2012）	Brooks 等（2013） 王曉璿等（2012）
作者為六人 或六人以上	Lloyd 等（2008） 王文宇等（2008）	Lloyd 等（2008） 王文宇等（2008）
作者為團體 機關／機構	American Psychological Association (APA, 1994) 中央研究院（中研院，2003）	APA (1994) 中研院（2003）
作者為團體 機關／機構 （無縮寫）	University of Chicago (2005) PCuSER 研究室（2012）	University of Chicago (2005) PCuSER 研究室（2012）
引用翻譯作品 原作者（原著出 版年／譯本出版 年）	Stevenson (2011/2013) 科貝特（1998/2013）	Stevenson (2011/2013) 科貝特（1998/2013）

表 2 於句尾引用文獻的呈現方式

引用類型	在正文中以圓括弧格式的第一次引用	在正文中以圓括弧格式第一次之後的引用
作者為一人	（Wildemuth, 2009） （邱炯友，2006）	（Wildemuth, 2009） （邱炯友，2006）
作者為二人	（Buchanan & Henderson, 2009） （蕭家捷、賴文智，2013）	（Buchanan & Henderson, 2009） （蕭家捷、賴文智，2013）
作者為三至五人	（Brooks, Ffolliott, & Magner, 2013） （王曉璿、黃昭儒、林志宏、吳浚瑋，2012）	（Brooks et al., 2013） （王曉璿等，2012）
作者為六人或六人以上	（Lloyd et al., 2008） （王文宇等，2008）	（Lloyd et al., 2008） （王文宇等，2008）
作者為團體機關／機構	（American Psychological Association [APA], 1994） （中央研究院〔中研院〕，2003）	（APA, 1994） （中研院，2003）
作者為團體機關／機構（無縮寫）	（University of Chicago, 2005） （PCuSER 研究室，2012）	（University of Chicago, 2005） （PCuSER 研究室，2012）
翻譯作品（原作者，原著出版年／譯本出版年）	（Cardenal & Araújo, 2011/2013） （Stevenson, 2011/2013） （科貝特，1998/2013）	（Cardenal & Araújo, 2011/2013） （Stevenson, 2011/2013） （科貝特，1998/2013）

表 3 文後 reference 參考文獻多種作者形態呈現方式

作者型態	範式	範例
作者為一人	Author, A. A. (Year) 作者（年代）	Wildemuth, B. M. (2009) 邱炯友（2006）
作者為二人	Author, A. A., & Author, B. B. (Year) 作者一、作者二（年代）	Buchanan, E. A., & Henderson, K. A. (2009) 蕭家捷、賴文智（2013）
作者為 三至七人	Author, A. A., Author, B. B., Author, C. C., Author, D. D., Author, E. E., Author, F. F., & Author, G. G. (Year) 作者一、作者二、作者三、作者四、 作者五、作者六、作者七（年代）	Brooks, K. N., Ffolliott, P. F., & Magner, J. A. (2013) 王文宇、林國全、曾宛如、王志誠、 許忠信、汪信君（2008）
作者為 八人以上	Author, A. A., Author, B. B., Author, C. C., Author, D. D., Author, E. E., Author, F. F., ...Author, N. N. (Year) 作者一、作者二、作者三、作者四、 作者五、作者六、…作者 N（年代）	Smith, J., Bonjovi, F., DiCaprio, L., Winslet, K., Maguire, T., Scorsese, M., ...Depp, J. (2013) 左如梅、高清華、吳慧嫻、周守民、 邱月娥、佘慧玲、…陳彩鳳（2002）
作者為團體 機關／機構	Name of Group Author. (Year) 團體名稱（年代）	American Psychological Association. (1994) PCuSER 研究室（2012）
作者為編者	Editor, A. A. (Ed.). (Year) 編者（編）（年代）	Ricci, F., Rokach, I., Shapira, B., & Kantor, P. B. (Eds.). (2011) 夏學理、凌公山、陳媛（編） （2012）

（二）文後參考文獻排序問題 [6.25]

中文參考文獻在前，按照作者姓氏筆劃排列，英文參考文獻在後，按照作者姓氏字母順序排列。相同作者之文獻，按出版年排列

參考文獻呈現範例：

PCuSER 研究室（2012）。*Word、Excel、PowerPoint 強效精攻 500 招*。台北市：PCuSER 電腦人文化。

王文宇（2013）。閉鎖性公司修法方向建議。*全國律師，17*(2)，4-16。

王文宇、林國全、曾宛如、王志誠、許忠信、汪信君（2008）。*商事法*。台北市：元照出版。

邱炯友（2006）。*學術傳播與期刊出版*。台北市：遠流。

科貝特（Corbett, T.）（2013）。*有效產出會計*（許家禔譯）。台北市：社團法人中華高德拉特協會。（原著出版於 1998 年）

Brooks, K. N., Ffolliott, P. F., & DeBano, L. F. (1997). *Hydrology and the management of watersheds* (2nd ed.). Ames, IA: Iowa State Press.

Brooks, K. N., Ffolliott, P. F., & DeBano, L. F. (2003). *Hydrology and the management of watersheds* (3rd ed.). Ames, IA: Iowa State Press.

Brooks, K. N., Ffolliott, P. F., & Magner, J. A. (2013). *Hydrology and the management of watersheds* (4th ed.). Ames, IA: Iowa State Press.

Buchanan, E. A., & Henderson, K. A. (2009). *Case studies in library and information science ethics*. Jefferson, MO: McFarland.

Wildemuth, B. M. (2009). *Applications of social research methods to questions in information and library science*. Westport, CT: Libraries Unlimited.

（三）在正文圓括弧中同時引用多項作品 [6.16]

1.引用同一作者

依照出版年代排序，付梓中（in press）的文獻則列舉在最後。

…(Brooks & Ffolliott, 2012, 2013, in press)

…（吳宇綸，2011，2013，付梓中）

2.引用同一作者

相同出版年代，則在年代後加上 a、b、c…等方式加以區別。

…(Brooks & Ffolliott, 2013a, 2013b, in press-a, in press-c)

…（吳宇綸，2011a，2011b，付梓中 a）

3.引用不同作者

中文文獻，按第一作者姓氏筆劃排列，英文文獻，按第一作者姓氏字母排列，作者間以分號隔開。

… (American Psychological Association, 1999; Brooks & Ffolliott, 2013a)

…（吳宇綸，2011a，2011b，付梓中 a，付梓中 b；龔怡，2010a，2010b）

4.同時引用中文及英文文獻

先引用中文文獻之作者，再引用英文文獻之作者，中英文文獻以全形分號作區隔。

…（吳宇綸，2011a，2011b，付梓中 a，付梓中 b；龔怡，
2010a，2010b；Brooks & Ffolliott, 2013a）

（四）二次文獻引用 Secondary Source [6.17]

使用間接資料來源必須謹慎，當無法取得原始文獻的情況下才
允許使用。APA 格式對使用間接資料來源的規定為：將二次來源列
在參考文獻（reference）之中；在正文中，引用二次文獻並標註原
始文獻，以「as cited in」或「轉引自」表示前後關係。

1.正文內呈現範例：

…Seidenberg and McClelland's study (as cited in Coltheart, Curtis,
Atkins, & Haller, 1993).

…鄭麗敏（1994）曾指出引用文獻分析必須基於某些假定之下
解釋或應用結果（轉引自李家如、林雯瑤，2013）。

…學者 Archie Cochrane 在其著作中提到…（轉引自 Claridge &
Fabian, 2005）。

2.參考文獻呈現範例：

Claridge, J. A., & Fabian, T. C. (2005). History and development of
Evidence-Based Medicine. *World Journal of Surgery, 29*(5),
547-553.

Coltheart, M., Curtis, B., Atkins, P., & Haller, M. (1993). Models of
reading aloud: Dualroute and parallel-distributed-processing
approaches. *Psychological Review, 100,* 589-608.

李家如、林雯瑤（2013）。碩士論文引用文獻錯誤之研究：以
圖資與資工領域為例。圖書資訊學刊，*11*(1)，167-195。

鄭麗敏（1994）。近 20 年臺灣地區圖書館學與資訊科學期刊
　論文引用參考文獻特性分析 (上)。教育資料與圖書館學，
　32(1)，94-118。

◎**補充說明：**

上述參考文獻呈現範例，不難發現除了鄭麗敏（1994）之外，原始作者
Seidenberg and McClelland 以及 Archie Cochrane 兩組作者文獻皆不再出
現於文後參考文獻中。APA 格式二次引用資料之著錄規定，極易造成原
始作者反而不被列入參考文獻之中。使用者應謹慎，始能表達對原始作
者貢獻之感謝。

有關 APA 與 Chicago (Turabian) 二次引用格式之差異可參見邱炯友、張
瑜倫。「引文格式規範對引文分析與學術傳播之影響：學術出版之傳播
效應」。圖書館學與資訊科學 31 卷，1 期（2005 年 4 月）：54-69。

第二篇
Chicago (Turabian) 格式

第二章
Chicago (Turabian) 格式
註釋（note）規範

說明：本範例之部分英文例句取自 Kate L. Turabian, *A Manual for Writers of Term Papers, Theses, and Dissertations*, 8th ed. (Chicago: University of Chicago Press, 2013) 及 University of Chicago Press, *The Chicago Manual of Style*, 16th ed. (Chicago: University of Chicago Press, 2010)。範例若有不足之處，請逕參閱該二書。

一、不同資料類型之範式

（一）圖書（**Books**）

1. 作者為一人 [17.1.1]

英文範式：

##. Author's First name Middle name Last name, *Title of the Book* (Location: Publisher, Year), xxx-xx.

範例：

3. Barbara M. Wildemuth, *Applications of Social Research Methods to Questions in Information and Library Science* (Westport, CT: Libraries Unlimited, 2009), 315-40.

中文範式：

註釋號碼. 作者，書名（出版地：出版者，出版年），引用頁碼。

範例：

4. 邱炯友，學術傳播與期刊出版（台北市：遠流，2006），244-46。

2. 作者為二人 [17.1.1]

英文範式：

##. Author's First name Middle name Last name (first author) and Author's First name Middle name Last name (second author), *Title of the Book* (Location: Publisher, Year), xxx-xx.

範例：

> 6. Elizabeth A. Buchanan and Kathrine A. Henderson, *Case Studies in Library and Information Science Ethics* (Jefferson: McFarland, 2009), 156.

中文範式：

> 註釋號碼 . 作者一、作者二，書名（出版地：出版者，出版年），引用頁碼。

範例：

> 3. 蕭家捷、賴文智，個人資料保護法 *Q&A*（台北市：元照，2013），312-14。

3. 作者為三人 [17.1.1]

英文範式：

> ##. Author's First name Middle name Last name (first author), Author's First name Middle name Last name (second author), and Author's First name Middle name Last name (third author), *Title of the Book* (Location: Publisher, Year), xxx-xx.

範例：

> 3. Kenneth N. Brooks, Peter F. Ffolliott, and Joseph A. Magner, *Hydrology and the Management of Watersheds*, 4th ed. (Ames, IA: Wiley-Blackwell, 2013), 406.

中文範式：

> 註釋號碼 . 作者一、作者二、作者三，書名（出版地：出版者，出版年），引用頁碼。

範例：

　　5. 李少民、薛迪忠、吳壽山，關係與制度的博弈：進軍世界的挑戰與原則（新北市：前程文化，2011），161-70。

4. 作者為四人以上 [17.1.1]（僅列出第一作者）

英文範式：

　　##. Author's First name Middle name Last name et al., *Title of the Book* (Location: Publisher, Year), xxx-xx.

範例：

　　9. John Smith et al., *Librarianship* (Taipei: NCL, 2013), 155-64.

中文範式：

　　註釋號碼 . 作者一等，書名（出版地：出版者，出版年），引用頁碼。

範例：

　　7. 左如梅等，護理行政學（台中市：華都文化，2002），311-22。

5. 編輯著作 [17.1.1.1; 17.1.1.2]

i. 有編者及著者

英文範式：

　　##. Author's First name Middle name Last name, *Title of the Book*, ed. Editor's First name Middle name Last name (Location: Publisher, Year), xxx-xx.

範例：

6. Elizabeth I, *Collected Works*, ed. Leah S. Marcus, Janel Mueller, and Mary Beth Rose (Chicago: University of Chicago Press, 2000), 102-4.

中文範式：

註釋號碼 . 作者，書名，編者編（出版地：出版者，出版年），引用頁碼。

範例：

7. 谷林，上水船乙集，止庵編（北京：中華書局，2010），16。

ii.僅有編者

英文範式：

##. Editor's First name Middle name Last name, ed., *Title of the Book* (Location: Publisher, Year), xxx-xx.

範例：

9. Francesco Ricci et al., eds., *Recommender System Handbook*, 2011 ed. (New York: Springer, 2010), 265-74.

中文範式：

註釋號碼 . 編者編，書名（出版地：出版者，出版年），引用頁碼。

範例：

1. 夏學理、凌公山、陳媛編，文化行政（台北市：五南文化，2012），410-21。

6. 翻譯作品 [17.1.1.1; 17.1.1.2]

i. 英文翻譯作品

英文範式：

> ##. Author's First name Middle name Last name, *Title of the Book*, trans. Translator's First name Middle name Last name (Location: Publisher, Year), xxx-xx.

範例：

> 15. Daniel H. Grant, *How Will You Measure Your Life?*, trans. Suzanne Christensen (Taipei: CUN, 2013), 580-85.

ii. 中文翻譯作品，原作者有中譯姓名

中文範式：

> 註釋號碼. 原作者中譯姓名（Author's First name Middle name Last name），翻譯書名，譯者譯（譯本出版地：譯本出版者，譯本出版年），引用頁碼。

範例：

> 2. 艾德蒙・德瓦爾（Edmund de Waal），琥珀眼睛的兔子，黃煜文譯（新北市：漫步文化，2013），277-78。

iii. 中文翻譯作品，原作者無中譯姓名

中文範式：

> 註釋號碼. Author's First name Middle name Last name，翻譯書名，譯者譯（譯本出版地：譯本出版者，譯本出版年），引用頁碼。

範例：

3. William J. Stevenson，作業管理，十一版，何應欽編譯（台北市：華泰文化，2013），711-22。

iv. 翻譯書籍封面僅出現譯者

英文範式：

##. Translator's First name Middle name Last name, trans., *Title of the Book* (Location: Publisher, Year), xxx-xx.

範例：

36. Catherine Stevenson, trans., *Silent Army* (New York: CNN, 2013), 328-30.

中文範式：

註釋號碼. 譯者譯，翻譯書名（譯本出版地：譯本出版者，譯本出版年），引用頁碼。

範例：

36. 李佳儒譯，如何與作者溝通（苗栗縣：拉特文化，2013），233-35。

7. 作者為團體組織 [17.1.1.3]

英文範式：

##. Name of Group Author, *Title of the Book* (Location: Publisher, Year), xxx-xx.

範例：

> 33. American Psychological Association, *Publication Manual of the American Psychological Association*, 4th ed. (Washington, DC: American Psychological Association, 1994), 210-22.

中文範式：

> 註釋號碼 . 團體名稱，書名（出版地：出版者，出版年），引用頁碼。

範例：

> 22. PCuSER 研究室，*Word、Excel、PowerPoint* 強效精攻 *500* 招（台北市：PCuSER 電腦人文化，2012），130-33。

◎補充說明：

引用時，作者一律列出全名，不可將作者名縮寫或簡稱。

---

8. 非英文題名之書籍 [17.1.2.3]

拉丁語系書名之範式：

> ##. Author's First name Middle name Last name, *Original title of the book* [English title of book] (Location: Publisher, Year), xxx-xx.

範例：

> 3. Sylvain Gouguenheim, *Aristote au mont Saint-Michel: Les racines grecques de l'Europe chrétienne* (Paris: Editions du Seuil, 2008), 117.

> 7. Henryk Wereszycki, *Koniec sojuszu trzech cesarzy* [The end of the Three Emperors' league] (Warsaw: PWN, 1977), 5.

◎補充說明：

若有原始英文並列題名之書籍者，作者英文姓名著錄後，列出原始正題名（須使用 italic 字體），再以方括號置入原始英文並列題名（不使用 italic 字體或引號），且原始題名及英文並列題名首字的第一個字母大寫，其餘皆小寫，碰到專有名詞時首字母須大寫。

【並列題名】意指原始文獻作者針對正題名所訂之不同語言相對應題名。

東方語系書名之範式 I：

##. Author's First name Middle name Last name, *Transliterated title of the book* [English title of book] (Location: Publisher, Year), xxx-xx.

範例：

8. Guoming Yu, *Zhongguo chuan mei fa zhan qian yan tan suo* [New perspectives on news and communication] (Beijing: Xin hua chu ban she, 2011), 9-11.

10. Arikawa Hiro, *Sora tobu kouhoushitsu* (Tokyo: Gentosha, 2012), 25-30.

◎補充說明：

範式 I 限以英文為主要書寫語言者使用。在引用東方語系文獻時，若有原始英文並列題名之書籍者，作者英文姓名著錄後，列出原始正題名音譯（transliterated）過後之拼音（須使用 italic 字體），再以方括號置入原始英文並列題名，另不使用 italic 字體或引號，且音譯題名及英文並列題名採 sentence-style，即首字的第一個字母大寫，其餘皆小寫，碰到專有名詞時首字母須大寫。此原因在於西方學者，大多無法辨識音譯題名斷詞後之各種詞性，如：介係詞或名詞，故僅能採用 sentence-style 之方式處理。

東方語系書名之範式 II：

> 註釋號碼．作者原文姓名，原始書名（出版地：出版者，出版年），引用頁碼。

範例：

> 8. 三浦しをん，舟を編む（東京：光文社，2011），23-31。

◎補充說明：

範式 II 限正文以中文書寫者使用。在引用東方語系文獻時，直接著錄原始資訊不做任何翻譯，僅於羅馬化作業時才進行英譯程序，詳細規範請參考本書第三篇第六章。

---

9. 特定版本／版次 [17.1.3.1]

英文範式：

> ##. Author's First name Middle name Last name, *Title of the Book*, xx ed. (Location: Publisher, Year), xxx-xx.

範例：

> 36. Stuart Russell and Peter Norvig, *Artificial Intelligence: A Modern Approach*, 3rd ed. (Upper Saddle River: Prentice Hall, 2009), 1110-11.

中文範式：

> 註釋號碼．作者，書名，版本／版次（出版地：出版者，出版年），引用頁碼。

範例：

11. 謝冰瑩等，新譯古文觀止，增訂五版（台北市：三民，2012），984-87。

> ◎補充說明：
>
> Chicago (Turabian) 第八版手冊規範在 note 格式中，著錄四位或四位以上之文獻作者時，只需列出第一作者即可，詳細規範請參考原書 [17.1.1]
>
> 書籍資訊若需註明可計量之卷冊數、期數、號數等，均以阿拉伯數字表示，惟版次以國字數字表示。版本／版次呈現方式，如下所示：
> 二版（2nd ed.）；三版（3rd ed.）；四版（4th ed.）；五版（5th ed.）；修訂／增訂版（rev. ed.），以此類推。

10. 特定卷／冊 [17.1.4.1]

i. 有單獨的卷／冊名

英文範式：

##. Author's First name Middle name Last name, *Title of the Book*, vol. xx, *Title of the Volume* (Location: Publisher, Year), xxx-xx.

範例：

36. Hamid Naficy, *A Social History of Iranian Cinema*, vol. 2, *The Industrializing Years, 1941-1978* (Durham, NC: Duke University Press, 2011), 16.

中文範式：

註釋號碼. 作者，書名，第 xx 卷／冊，卷／冊名（出版地：出版者，出版年），引用頁碼。

範例：

> 12. 醉琉璃，神使繪卷，第 1 卷，夜祭與山神歌謠（台北市：魔豆文化，2013），20。

ii. 無單獨的卷／冊名

英文範式：

##. Author's First name Middle name Last name, Title of the Book (Location: Publisher, Year), volume number:xxx-xx.

範例：

> 22. Muriel St. Clare Byrne, ed., *The Lisle Letters* (Chicago: University of Chicago Press, 1981), 4:243.

中文範式：

註釋號碼 . 作者，書名（出版地：出版者，出版年），卷／冊次：引用頁碼。

範例：

> 12. 黃易，日月當空（台北市：時報文化，2013），11：112。

◎補充說明：

書籍資訊若需註明可計量之卷冊數、期數、號數等，均以阿拉伯數字表示，惟版次以國字數字表示。若是以上、中、下或甲、乙、丙等先後順序者，則直接照錄之。

---

11. 叢書中之單本著作 [17.1.5]

英文範式：

> ##. Author's First name Middle name Last name, *Title of the Book*, ed. Editor's First name Middle name Last name, Title of the Series, ed. Series Editor's First name Middle name Last name, vol. xx (Location: Publisher, Year), xxx-xx.

範例：

12. Zujie Fang et al., *Fundamentals of Optical Fiber Sensors*, Wiley Series in Microwave and Optical Engineering, ed. Kai Chang, vol. 266 (Hoboken: Wiley, 2012), 400-403.

13. Jörn Keck, Dimitri Vanoverbeke, and Franz Waldenberger, *EU-Japan Relations, 1970-2012: From Confrontation to Global Partnership*, Routledge Contemporary Japan Series 46 (New York: Routledge, 2013), 311-12.

14. Gertrude Stein, Selections, ed. *Joan Retallack, Poets for the Millennium*, ed. Pierre Joris and Jerome Rothenberg, vol. 6 (Berkeley: University of California Press, 2008), 20.

中文範式：

> 註釋號碼. 作者，書名，編者編，叢書名，叢書編者編，第 xx 卷／冊（出版地：出版者，出版年），引用頁碼。

範例：

33. 王小林，從漢才到和魂：日本國學思想的形成與發展，聯經學術（台北市：聯經，2013），211-22。

34. 肖水，中文課：肖水詩集，鼓吹詩人叢書 19（台北市：釀出版，2013），188-89。

35. 許壽裳，許壽裳日記，臺灣文學與文化研究叢書 - 文獻篇，北岡正子、陳漱渝、秦賢次、黃英哲主編，第 1 冊（台北市：國立臺灣大學出版中心，2010），30-31。

◎補充說明：

若有列出叢書編者，則叢書號必須以 vol. x 或第 x 卷／冊呈現。此外，書籍資訊若需註明可計量之卷冊數、期數、號數等，均以阿拉伯數字表示，惟版次以國字數字表示。若是以上、中、下或甲、乙、丙等先後順序者，則直接照錄之。

---

12. 單一作者書籍之篇章 [17.1.8.1]

i. 單一作者書籍之篇章

英文範式：

##. Author's First name Middle name Last name, "Title of the Article," in *Title of the Book* (Location: Publisher, Year), xxx-xx.

範例：

3. Josh Smith, "Open Access," in *Scholarly Publication in 21st Century* (Taipei: MIS, 2013), 10.

中文範式：

註釋號碼. 作者，「文章題名」，在書名（出版地：出版者，出版年），引用頁碼。

範例：

5. 陳國賁，「移民企業的多種特徵」，在華商：族裔資源與商業謀略（台北市：中華書局，2010），3-5。

---

ii. 單一作者書籍之序論、前言或後記

英文範式：

##. Author's First name Middle name Last name, introduction/preface/foreword/afterword to *Title of the Book*, by Book Author's First name Middle name Last name (Location: Publisher, Year), xxx-xx.

範例：

13. Craig Calhoun, foreword to *Multicultural Politics: Racism, Ethnicity, and Muslims in Britain*, by Tariq Modood (Minneapolis: University of Minnesota Press, 2005), xii.

7. Alfred W. Crosby, preface to *Ecological Imperialism: The Biological Expansion of Europe, 900-1900*, new ed. (New York: Cambridge University Press, 2004), xv.

中文範式：

註釋號碼. 撰稿者，書名之序論／前言／後記，書籍作者著（出版地：出版者，出版年），引用頁碼。

範例：

34. 邱品耘，倫敦流浪記之前言，邱大同著（台北市：華中書局，2007），xiv-xv。

35. 吳若權，溫柔，是最堅強的力量之自序（台北市：高寶，2011），10。

13. 編著文輯之單篇論文 [17.1.8.2]

英文範式：

##. Author's First name Middle name Last name, "Title of the Article," in *Title of the Book*, ed. Editor's First name Middle name Last name (Location: Publisher, Year), xxx-xx.

範例：

6. Jill Didur, "Cultivating Community: Counter Landscaping in Kiran Desai's the Inheritance of Loss," in *Postcolonial Ecologies: Literatures of the Environment*, ed. Elizabeth DeLoughrey and George B. Handley (New York: Oxford University Press, 2011), 43-44.

中文範式：

註釋號碼.作者，「文章題名」，在書名，編者編（出版地：出版者，出版年），引用頁碼。

範例：

7. 賴文平，「海峽兩岸智慧財產權保護合作協議與相關協議之比較」，在兩岸知識產權發展研究：兩岸法學博士專家專論文集，張凱娜主編（台北市：元照，2011），17-26。

14. 以電子形式出版的書籍 [17.1.10]

英文範式：

##. Author's First name Middle name Last name, *Title of the Book* (Location: Publisher, Year), xxx-xx, E-book Format. /accessed Month Date, Year, http://dx.doi.org/10.xxxx or Database Name or http://xxxxxxxxx.

範例：

3. Antoine de Saint-Exupéry, *The Little Prince* (San Diego: Harcourt Brace, 1971), 45-55, accessed June 18, 2013, http://www.ebookstube.com/book/the-planet-of-libris-the-little-prince-series-book-11-bn3049473.html.

4. Erin Hogan, *Spiral Jetta: A Road Trip through the Land Art of the American West* (Chicago: University of Chicago Press, 2008), 86-87, Adobe PDF eBook.

5. Joseph P. Quinlan, *The Last Economic Superpower: The Retreat of Globalization, the End of American Dominance, and What We Can Do About It* (New York: McGraw-Hili, 2010), 211, accessed November 1, 2011, ProQuest Ebrary.

中文範式：

註釋號碼．作者，書名（出版地：出版者，出版年），引用頁碼，電子書檔案格式。／檢索於 xxxx 年 xx 月 xx 日，http://dx.doi.org/10.xxxx 或資料庫名稱或 http://xxxxxxxxx。

範例：

4. 江秀雪，美國學校是這樣教孩子的（台北市：新苗文化，2012），18-23，檢索於 2013 年 6 月 18 日，http://reading.udn.com/v2/bookDesc.do?id=39706。

5. 陳穎青，老貓學數位（台北市：貓頭鷹，2010），10-12，Adobe PDF eBook。

6. 雷振宇，旅行的意義（台北市：花開文化，無日期），133，檢索於 2013 年 6 月 18 日，Udn 數位閱讀館。

（二）期刊論文（**Journals**）

1. 連續編碼之期刊文章 [17.2.4.1]

英文範式：

##. Author's First name Middle name Last name, "Title of Article," *Title of Journal*, no. xx (Season/Month Year): xxx-xx, accessed Month Date, Year, http://dx.doi.org/10.xxxx or http:// xxxxxxxxx.

範例：

11. Chen-Yang Kao, "Church as 'Women's Community': The Feminization of Protestantism in Contemporary China," *Journal of Archaeology and Anthropology*, no. 78 (June 2013): 107-10, accessed June 18, 2013, http://dx.doi.org/10.6152/jaa.2013.06.0004.

中文範式：

註釋號碼 . 作者，「文章題名」，期刊刊名，xx 期（xxxx 年 x 月／季）：引用頁碼，檢索於 xxxx 年 xx 月 xx 日，http:// dx.doi.org/10.xxxx 或 http://xxxxxxxxx。

範例：

12. 林世強，「金門島嶼型災害特性及規模設定方法之探討」，地理學報，69 期（2013 年 6 月）：22-23，檢索於 2013 年 8 月 1 日，http://dx.doi.org/10.6161/jgs.2013.69.01。

◎補充說明：

即使採用 DOI，仍須附加檢索日期，詳細規範可參考 Chicago (Turabian) 第八版 [15.4.1.3]，此與 APA 規定不甚相同（參見 APA 第六版格式書 6.32）。

2. 各期單獨編碼之期刊文章 [17.2.4.1]

英文範式：

##. Author's First name Middle name Last name, "Title of Article," *Title of Journal* xx, no. xx (Season/Month Year): xxx-xx, accessed Month Date, Year, http://dx.doi.org/10.xxxx or http://xxxxxxxxx.

範例：

12. Richard Gartnera, "Parliamentary Metadata Language: An XML Approach to Integrated Metadata for Legislative Proceedings," *Journal of Library Metadata* 13, no. 1 (April 2013): 17-20, accessed June 18, 2013, http://dx.doi.org/10.1080/19386389.2013.778728.

中文範式：

註釋號碼 . 作者，「文章題名」，期刊刊名 xx 卷，xx 期（xxxx 年 x 月／季）：引用頁碼，檢索於 xxxx 年 xx 月 xx 日，http://dx.doi.org/10.xxxx 或 http://xxxxxxxxx。

範例：

12. 陳書梅，「發展性繪本書目療法與大學生之情緒療癒」，大學圖書館 17 卷，2 期（2013 年 9 月）：22-25，檢索於 2014 年 6 月 18 日，http://dx.doi.org/10.6146/univj.17-2.02。

3. 即將出版之期刊文章 [17.2.4.2]

英文範式：

##. Author's First name Middle name Last name, "Title of Article," *Title of Journal* (forthcoming), accessed Month Date, Year, http://dx.doi.org/10.xxxx or http://xxxxxxxxx.

範例：

12. Robert Briscoe, "Egocentric Spatial Representation in Action and Perception," *Philosophy and Phenomenological Research* (forthcoming), accessed June 18, 2013, http://cogprints. org/5780/1/ECSRAP.F07.pdf

中文範式：

註釋號碼. 作者，「文章題名」，期刊刊名（即將出版），檢索於 xxxx 年 xx 月 xx 日，http://dx.doi.org/10.xxxx 或 http:// xxxxxxxxx。

範例：

25. 雷振宇，「旅行的意義：美籍人士旅台經驗之研究」，旅遊學刊（即將出版），檢索於 2013 年 6 月 18 日，http://tkuir. lib.tku.edu.tw:8080/dspace/handle/987654321//1987/1987.05.16.pdf。

◎補充說明：

引用即將出版（forthcoming）之期刊文章者，係指文章已被接受，但尚未出版者。可註明檢索日期、DOI 數位物件識別碼連結網址或 URL 資源定位網址。對於尚未被出版者接受之文章者，概稱未出版文稿（unpublished manuscript），例如：碩博士論文、會議中發表的講演或論文等。

---

4. 引用期刊之特刊或增刊 [17.2.6]

i. 引用特刊中的單篇文章

英文範式：

##. Author's First name Middle name Last name, "Title of Article," in "Title of Special Issue," ed. Editor's First name Middle name Last name, special issue, *Title of Journal* xx, no. xx (Season/ Month Year): xxx-xx, accessed Month Date, Year, http://dx.doi. org/10.xxxx or http://xxxxxxxxx.

範例：

36. Christoph M. Schmidt and Benjamin Weigert, "Weathering the Crisis and Beyond: Perspectives for the Euro Area," in "Public Finance, Public Debt and Global Recovery," ed. Jack Mintz and Michael Smart, special issue, *International Tax and Public Finance* 20, no. 4 (August 2013): 564-66, accessed June 18, 2013, http:// dx.doi.org/10.1007/s10797-013-9290-z.

中文範式：

註釋號碼. 作者，「文章題名」，在「特刊主題名」，當期編者編，特刊，期刊刊名 xx 卷，xx 期（xxxx 年 x 月／季）：引用頁碼，檢索於 xxxx 年 xx 月 xx 日，http://dx.doi.org/10.xxxx 或 http://xxxxxxxxx。

範例：

38. 劉婉珍，「博物館學習資源的需要與想望」，在「博物館學習資源」，葉貴玉編，特刊，博物館學季刊 24 卷，4 期（2010 年 10 月）：19-20，檢索於 2013 年 6 月 18 日，http:// web2.nmns.edu.tw/PubLib/Library/quaterly/201010_19.pdf。

ii. 引用整期特刊

英文範式：

##. Editor's First name Middle name Last name, ed., "Title of Special Issue," special issue, *Title of Journal* xx, no. xx (Season/ Month Year), accessed Month Date, Year, http://dx.doi.org/10.xxxx or http://xxxxxxxxx.

範例：

1. Jack Mintz and Michael Smart, eds., "Public Finance, Public Debt and Global Recovery," special issue, *International Tax and Public Finance* 20, no. 4 (August 2013), accessed June 18, 2013, http://link.springer.com/journal/10797/20/4/page/1.

中文範式：

註釋號碼 . 當期編者編，「特刊主題名」，特刊，期刊刊 名 xx 卷，xx 期（xxxx 年 x 月／季），檢索於 xxxx 年 xx 月 xx 日，http://dx.doi.org/10.xxxx 或 http://xxxxxxxxx。

範例：

30. 葉貴玉編，「博物館學習資源」，特刊，博物館學季 刊 24 卷，4 期（2010 年 10 月），檢索於 2013 年 6 月 18 日， http://web2.nmns.edu.tw/PubLib/Library/quaterly.php?indx=98。

iii. 引用增刊中的單篇文章

英文範式：

##. Author's First name Middle name Last name, "Title of Article," in "Title of Supplement," *Title of Journal* xx, Sxx (Season/ Month Year): Sxxx-xx, accessed Month Date, Year, http://dx.doi. org/10.xxxx or http://xxxxxxxxx.

範例：

4. Ivar Ekeland, James J. Heckman, and Lars Nesheim, "Identification and Estimation of Hedonic Models," in "Papers in Honor of Sherwin Rosen," *Journal of Political Economy* 112, S1 (February 2004): S72, accessed December 23, 2011, http://dx.doi. org/10.1086/379947.

中文範式：

註釋號碼 . 作者，「文章題名」，在「增刊主題名」，期刊刊名 xx 卷，xx 期增刊（xxxx 年 x 月／季）：xxx-xx，檢索於 xxxx 年 xx 月 xx 日，http://dx.doi.org/10.xxxx 或 http:// xxxxxxxxx。

範例：

12. 林茉莉、邱品耘，「探討旅遊滿意度與幸福感的關係」，在「休閒生活型態與效益」，鄉村旅遊研究 49 卷，增刊（2012 年春季）：S297-98，檢索於 2013 年 6 月 18 日，http://dx.doi. org/10.0618/75199。

13. 李福清，「中國曲藝與年畫」，在「2008 民俗暨民間文學國際學術研討會專號」，民間文學年刊，2 期增刊（2009 年 2 月）：3-11。

◎補充說明：

期刊出版社針對增刊時的頁碼將有別於一般卷期上的編排，而國外期刊通常會在頁碼前面加 S 以示區別，使用者可視實際情況著錄之。

（三）雜誌文章（Magazines）[17.3]

英文範式：

##. Author's First name Middle name Last name, "Title of Article," *Title of Magazines*, Month Date, Year, xxx-xx, accessed Month Date, Year, http://dx.doi.org/10.xxxx or Database Name or http://xxxxxxxxx.

範例：

13. Angela Moscaritolo, "A Factory That Makes Factories," *PC Magazine*, August 2013, 10-11, accessed June 18, 2013, EBSCOhost.

中文範式：

註釋號碼 . 作者，「文章題名」，雜誌刊名，xxxx 年 x 月 x 日，引用頁碼，檢索於 xxxx 年 xx 月 xx 日，http://dx.doi.org/10.xxxx 或資料庫名稱或 http://xxxxxxxxx。

範例：

13. 焦元溥，「張愛玲點唱機」，*PAR* 表演藝術，2013 年 2 月 1 日，41。

（四）報紙報導 [17.4.2]

英文範式：

##. Author's First name Middle name Last name, "Title of Article,"/title of piece *Title of Newspaper*, Month Date, Year, edition, accessed Month Date, Year, http://dx.doi.org/10.xxxx or Database Name or http://xxxxxxxxx.

範例：

11. Eric Schmitt and Michael S Schmidt "Qaeda Plot Leak Has Undermined U.S. Intelligence," *New York Times*, September 29, 2013, accessed September 30, 2013, http://www.nytimes.com/2013/09/30/us/qaeda-plot-leak-has-undermined-us-intelligence.html?hp&_r=0.

12. Christopher O. Ward, letter to the editor, *New York Times*, August 28, 2011.

中文範式：

註釋號碼 . 作者，「文章題名」／專欄名稱，報名，xxxx 年 x 月 x 日，版本別，檢索於 xxxx 年 xx 月 xx 日，http://dx.doi.org/10.xxxx 或資料庫名稱或 http://xxxxxxxxx。

範例：

12. 李偉文，「幸福的條件」，聯合報，2013 年 9 月 8 日，北市版，檢索於 2013 年 10 月 11 日，http://blog.chinatimes.com/sow/archive/2013/09/08/7720997.html。

14. 蔣微微，幸福練習簿，自由時報，2013 年 9 月 8 日。

（五）百科全書或字典（Articles in Encyclopedias and Dictionaries）[17.5.3]

1. 著名的參考工具書

英文範式：

##. Title of Dictionary/Encyclopedia, xx ed., s.v. "item," accessed Month Date, Year, http://xxxxxxxxx.

範例：

12. *Encyclopedia Britannica*, s.v. "library," accessed September 30, 2013, http://global.britannica.com/EBchecked/topic/339421/library.

中文範式：

註釋號碼. 字典／百科全書名，版本／版次，見詞條「詞條名稱」，檢索於 xxxx 年 xx 月 xx 日，http://xxxxxxxxx。

範例：

12. 台灣大百科全書，見詞條「中華民國圖書館學會」，檢索於 2013 年 6 月 18 日，http://taiwanpedia.culture.tw/web/content?ID=25971&Keyword=%E4%B8%AD%E8%8F%AF%E6%B0%91%E5%9C%8B%E5%9C%96%E6%9B%B8%E9%A4%A8%E5%AD%B8%E6%9C%83。

2. 其他百科全書或字典

英文範式：

##. *Title of Dictionary/Encyclopedia*, xx ed., s.v. "item," (Location: Publisher, Year), item number/page number, accessed Month Date, Year, http://xxxxxxxxx.

範例：

12. *The Encyclopedia of Applied Linguistics*, s.v. "intelligibility," (Chichester, England: Wiley-Blackwell, 2013), 2732-38.

中文範式：

註釋號碼. 字典／百科全書名，版本／版次，見詞條「詞條名稱」，（出版地：出版者，出版年），項號／頁碼，檢索於 xxxx 年 xx 月 xx 日，http://xxxxxxxxx。

範例：

13. 圖書館學與資訊科學大辭典，見詞條「疊慧法」，（台北市：漢美，1995），2481-82。

◎補充說明：

s.v. 是 sub verbo 之縮寫，亦指在此文字下（under the word）之意思。

重要或著名的字辭典及百科全書，可省略出版者、出版地及出版年，但若非初版或惟一版本者，則必須著錄版本／版次。若是引用其他百科全書或字典則必須列出出版者、出版地及出版年。

（六）碩博士論文（Theses and Dissertations）[17.6.1]

英文範式：

##. Author's First name Middle name Last name, "Title of the Thesis/Dissertation" (master's thesis/PhD diss., School's Name, Year), xxx-xx, accessed Month Date, Year, http://dx.doi.org/10.xxxx or Database Name or http://xxxxxxxxx.

範例：

3. Brent Russell Fortenberry, "Church, State, and the Space In Between: An Archaeological and Architectural Study of St. George's Bermuda" (PhD diss., Boston University, 2013), 20-21, accessed September 30, 2013, http://gradworks.umi.com/35/29/3529018.html.

中文範式：

註釋號碼. 作者，「論文名稱」（碩士／博士論文，學校名稱，出版年），引用頁碼，檢索於 xxxx 年 xx 月 xx 日，http://dx.doi.org/10.xxxx 或資料庫名稱或 http://xxxxxxxxx。

範例：

4. 黃文彥，「開放式期刊典藏系統設計與實作：以教育資料與圖書館學為例」（碩士論文，淡江大學，2009），30-32，檢索於 2013 年 6 月 18 日，http://etds.lib.tku.edu.tw/etdservice/view_metadata?etdun=U0002-0207201006032900&start=21&end=40&from=CATE&cateid=A007。

◎補充說明：

Chicago (Turabian) 第八版規定在著錄碩博士論文之出版者資訊時，僅著錄其學校名稱即可，不須進一步著錄至系所。但為保持資料之完整性及書目計量之方便性，建議使用者亦可著錄至系所。如下所示：

　　4. 黃文彥，「開放式期刊典藏系統設計與實作：以教育資料與圖書館學為例」（碩士論文，淡江大學資訊與圖書館學系，2009），30-32，檢索於 2013 年 6 月 18 日，http://etds.lib.tku.edu.tw/etdservice/view_metadata?etdun=U0002-0207201006032900&start=21&end=40&from=CATE&cateid=A007。

（七）會議中發表的講演或論文（**Lectures and Papers Presented at Meetings**）[**17.6.2**]

1. 會議中發表的講演

英文範式：

　　##. Author's First name Middle name Last name, "Title of the Speech," (lecture, Sponsorship, Location, Month Date, Year).

範例：

　　12. Gregory R. Crane, "Contextualizing Early Modern Religion in a Digital World," (lecture, Newberry Library, Chicago, September 16, 2011).

中文範式：

　　註釋號碼. 講者，「講演主題」，（講演，舉辦單位，舉辦地，xxxx 年 x 月 x 日）。

範例：

13. 翁明賢，「淡江戰略學派」，（講演，淡江大學出版中心，新北市，2013 年 6 月 18 日）。

2. 會議中發表的論文

英文範式：

##. Author's First name Middle name Last name, "Title of the Paper," (paper presented at Conference's Name, Location, Month Date, Year), xxx-xx, accessed Month Date, Year, http://dx.doi.org/10.xxxx or Database Name or http://xxxxxxxxx.

範例：

12. Shigeru Oyanagi, Kazuto Kubota, and Akihiko Nakase, "Application of Matrix Clustering to Web Log Analysis and Access Prediction," (paper presented at WEBKDD 2001-Mining Web Log Data Across All Customers Touch Points, Third International Workshop, San Francisco, CA, August 26, 2001), accessed June 18, 2013, http://robotics.stanford.edu/~ronnyk/WEBKDD2001/shigeru.pdf.

中文範式：

註釋號碼 . 作者，「文章題名」，（論文發表於會議名稱，舉辦地，xxxx 年 x 月 x 日），引用頁碼，檢索於 xxxx 年 xx 月 xx 日，http://dx.doi.org/10.xxxx 或資料庫名稱或 http://xxxxxxxxx。

範例：

12. 林素甘，「誰在書寫蘭嶼，建構蘭嶼知識：蘭嶼專題圖書之分析」，（論文發表於 2012 年第十一屆海峽兩岸圖書資訊學學術研討會，新北市，2012 年 7 月 4-5 日），192-93。

（八）網路資源（ Websites, Blogs, Social Networks, and Discussion Groups ）

1. 一般網站或網頁 [17.7.1]

英文範式：

> ##. Author's First name Middle name Last name, "Title of Page," Title/Owner of Site, (last modified) Month Date, Year, accessed Month Date, Year, http://xxxxxxxxx.

範例：

> 4. Susannah Brooks, "Longtime Library Director Reflects on a Career at the Crossroads," University of Wisconsin-Madison News, September 1, 2011, accessed May 14, 2012, http://www.news.wisc.edu/19704.

> 15. "Privacy Policy," Google Privacy Center, last modified October 3, 2010, accessed March 3, 2011, http://www.google.com/intVen/ privacypolicy.html.

中文範式：

> 註釋號碼.作者，「文章名稱」，網站名稱／網站擁有者，（最後更新於）xxxx 年 x 月 x 日，檢索於 xxxx 年 xx 月 xx 日，http://xxxxxxxxx。

範例：

> 4. 淡江大學，「教育學院出版國內第 1 本數位原生全方位學習的教學指引專書」，淡江大學資訊處數位設計組，最後更新於 2012 年 12 月 30 日，檢索於 2013 年 6 月 18 日，http://gdc.tku.edu.tw/TodayNews/fcdtl.aspx?id=807。

2. 部落格的文章 [17.7.2]

英文範式：

##. Author's First name Middle name Last name, "Title of Entry," *Name of Blog*, Month Date, Year, accessed Month Date, Year, http://xxxxxxxxx.

範例：

15. Gary Becker, "Is Capitalism in Crisis?," *The Becker-Posner Blog*, February 12, 2012, accessed February 16, 2012, http://www.becker-posner-blog.com/ 2012;02/ is-capitalism-in-crisis-becker.html.

中文範式：

註釋號碼 . 作者，「文章名稱」，部落格名稱，xxxx 年 x 月 x 日，檢索於 xxxx 年 xx 月 xx 日，http://xxxxxxxxx。

範例：

16. 陳穎青，「只見電子不見書」，內容推進實驗室，2010 年 2 月 2 日，檢索於 2013 年 6 月 18 日，http://www.contnt.net/2010/02/ebook-and-ereader.html。

3. 社群網站 [17.7.3]

英文範式：

##. Author's First name Middle name Last name, Twitter/Facebook/Google+/Tumblr post, Month Date, Year (xx:xx a.m./p.m.), accessed Month Date, Year, http://xxxxxxxxx.

範例：

16. Jason Mraz, Facebook post, September 28, 2013 (6:30 a.m.), accessed September 30, 2013, https://www.facebook.com/JasonMraz.

中文範式：

註釋號碼 . 作者，Twitter/Facebook/Google+/Tumblr 貼文，xxxx 年 x 月 x 日（上／下午 x:xx），檢索於 xxxx 年 xx 月 xx 日，http://xxxxxxxxx。

範例：

17. 何飛鵬，Facebook 貼文，2013 年 9 月 14 日（下午 2:10），檢索於 2013 年 10 月 7 日，https://www.facebook.com/feipengho。

二、基本引用格式彙整

（一）連續頁碼呈現 [23.2.4]

不論是 note 或者 bibliography，Chicago (Turabian) 第八版手冊對於頁碼呈現有一定之規則，關於頁碼呈現形式參考以下表格所示：

起始頁碼	結束頁碼	實例
1-99	列出結束頁碼的所有數字	2-13, 72-75, 85-116
頁碼尾數為 000, 100, 200, 300 等	列出結束頁碼的所有數字	100-104, 200-211, 1100-1113, 4000-4032
頁碼尾數為 101-109, 201-209, 301-309 等	列出結束頁碼與起始頁碼不同之數字	107-9, 209-20, 308-410, 4501-3
頁碼尾數為 110-199; 210-299, 310-399 等	列出結束頁碼與起始頁碼不同之最後二位數字頁碼數字，若變動數字超過百位數（含），則列出結束頁碼與起始頁碼不同數字	110-12, 231-330, 4323-510, 61388-2000

（二）同一註釋有多筆引用文獻，以分號；為區隔 [16.35.1]

英文範例：

1. "Privacy Policy," Google Privacy Center, last modified October 3, 2010, accessed March 3, 2011, http://www.google.com/intVen/ privacypolicy.html; Jason Mraz, Facebook post, September 28, 2013 (6:30 a.m.), accessed September 30, 2013, https://www.facebook.com/JasonMraz.

中文範例：

2. 何飛鵬，Facebook 貼文，2013 年 9 月 14 日（下午 2:10），檢索於 2013 年 10 月 7 日，https://www.facebook.com/ feipengho；陳穎青，「只見電子不見書」，內容推進實驗室，2010 年 2 月 2 日，檢索於 2013 年 6 月 18 日，http://www. contnt.net/2010/02/ebook-and-ereader.html。

中英文範例：

3. 何飛鵬，Facebook 貼文，2013 年 9 月 14 日（下午 2:10），檢索於 2013 年 10 月 7 日，https://www.facebook. com/feipengho；陳穎青，「只見電子不見書」，內容推進實驗室，2010 年 2 月 2 日，檢索於 2013 年 6 月 18 日，http:// www.contnt.net/2010/02/ebook-and-ereader.html；Gary Becker, "Is Capitalism in Crisis?," *The Becker-Posner Blog*, February 12, 2012, accessed February 16, 2012, http://www.becker-posner-blog.com/2012;02/is-capitalism-in-crisis-becker.html; Jason Mraz, Facebook post, September 28, 2013 (6:30 a.m.), accessed September 30, 2013, https://www.facebook.com/JasonMraz.

（三）二次引用（One Source Quoted in Another）[17.10]

當原始資料難以取得之情況下允許使用。Chicago (Turabian) 格式對二次引用的規定為：在註釋中，先著錄原始文獻，再著錄二次來源並標註以「quoted in」或「轉引自」表示前後關係。

範例：

8. Louis Zukofsky, "Sincerity and Objectification," *Poetry* 37 (February 1931): 269, quoted in Sonnie Costello, *Marianne Moore: Imaginary Possessions* (Cambridge, MA: Harvard University Press, 1981), 78.

9. 林秀明，「佛教文化對唐代詩歌的影響」，佛教學刊，1 期（1958 年 6 月）：25，轉引自 Gregory Brooks, *Administration in Buddhism Culture* (Cambridge, MA: Harvard University Press, 1990), 78.

◎補充說明：

Chicago (Turabian) 格式之二次引用文獻處理，可清楚於註釋中掌握各筆文獻引用先後之關係，並不會忽略原始或間接引用文獻之貢獻。

（四）同一註釋重複引用（**Ibid.**）**[16.4.2]**

同一註釋連續引用時，以「Ibid.」或「同上註」呈現；非連續引用時，以短註呈現。

1. 正文為英文

範例：

15. Daniel H. Grant, *How Will You Measure Your Life?*, trans. Suzanne Christensen (Taipei: CUN, 2013), 580-85.

16. Ibid., 581.

17. Ibid.

18. Stuart Russell and Peter Norvig, *Artificial Intelligence: A Modern Approach*, 3rd ed. (Upper Saddle River: Prentice Hall, 2009), 1110-11.

19. Grant, *How Will You Measure Your Life?*, 582.

17. Russell and Norvig, *Artificial Intelligence*, 1111.

2. 正文為中文

範例：

4. 邱炯友，學術傳播與期刊出版（台北市：遠流，2006），244-46。

5. 同上註，244。

6. 同上註。

7. 李少民、薛迪忠、吳壽山，關係與制度的博弈：進軍世界的挑戰與原則（新北市：前程文化，2011），161-70。

8. 邱炯友，學術傳播與期刊出版，245。

9. 李少民、薛迪忠、吳壽山，關係與制度的博弈，162。

10. Stuart Russell and Peter Norvig, *Artificial Intelligence: A Modern Approach*, 3rd ed. (Upper Saddle River: Prentice Hall, 2009), 1110-11.

11. 同上註，1111。

第三章
Chicago (Turabian) 格式
參考書目 (bibliography) 規範

說明：本範例之部分英文例句取自 Kate L. Turabian, *A Manual for Writers of Term Papers, Theses, and Dissertations*, 8th ed. (Chicago: University of Chicago Press, 2013) 及 University of Chicago Press, *The Chicago Manual of Style*, 16th ed. (Chicago: University of Chicago Press, 2010)。範例若有不足之處，請逕參閱該二書。

一、不同資料類型之範式

（一）圖書（**Books**）

1. 作者為一人 [17.1.1]

英文範式：

Author's Last name, First name Middle name. *Title of the Book.*
Location: Publisher, Year.

範例：

Wildemuth, Barbara M. *Applications of Social Research Methods to Questions in Information and Library Science.* Westport, CT: Libraries Unlimited, 2009.

中文範式：

作者。書名。出版地：出版者，出版年。

範例：

邱炯友。學術傳播與期刊出版。台北市：遠流，2006。

2. 作者為二人 [17.1.1]

英文範式：

Author's Last name, First name Middle name (first author), and Author's First name Middle name Last name (second author). *Title of the Book.* Location: Publisher, Year.

範例：

Buchanan, Elizabeth A., and Kathrine A. Henderson. *Case Studies in Library and Information Science Ethics*. Jefferson: McFarland, 2009.

中文範式：

作者一、作者二。書名。出版地：出版者，出版年。

範例：

蕭家捷、賴文智。個人資料保護法 *Q&A*。台北市：元照，2013。

3. 作者為三人以上（列出所有作者）

英文範式：

Author's Last name, First name Middle name (first author), Author's First name Middle name Last name (second author), Author's First name Middle name Last name (third author), and Author's First name Middle name Last name (xxxxth author). *Title of the Book*. Location: Publisher, Year.

範例：

Brooks, Kenneth N., Peter F. Ffolliott, and Joseph A. Magner. *Hydrology and the Management of Watersheds*. 4th ed. Ames, IA: Wiley-Blackwell, 2013.

中文範式：

作者一、作者二、作者三、作者四、作者五、作者六、作者 N。書名。出版地：出版者，出版年。

範例：

李少民、薛迪忠、吳壽山。*關係與制度的博弈：進軍世界的挑戰與原則*。新北市：前程文化，2011。

王文宇、林國全、曾宛如、王志誠、許忠信、汪信君。*商事法*。台北市：元照，2008。

◎補充說明：

Chicago (Turabian) 第八版手冊並未明確說明在 bibliography 的格式中應如何著錄四位或四位以上之文獻作者，但根據 Chicago (Turabian) 第八版之官方網站針對此項回應，可得知四位或四位以上之文獻作者應全數列出，換言之，不論文獻作者有幾位，都應該全數呈現於 bibliography 中。詳細規範請參考以下網址：http://www.press.uchicago.edu/books/turabian/turabian_citationguide.html

---

4. 編輯著作 [17.1.1.1; 17.1.1.2]

i. 有編者及著者

英文範式：

Author's Last name, First name Middle name. *Title of the Book*. Edited by Editor's First name Middle name Last name. Location: Publisher, Year.

範例：

Elizabeth I. *Collected Works*. Edited by Leah S. Marcus, Janel Mueller, and Mary Beth Rose. Chicago: University of Chicago Press, 2000.

中文範式：

作者。書名。編者編。出版地：出版者，出版年。

範例：

谷林。上水船乙集。止庵編。北京：中華書局，2010。

ii.僅有編者

英文範式：

Editor's Last name, First name Middle name, ed. *Title of the Book.*
Location: Publisher, Year.

範例：

Ricci, Francesco, Lior Rokach, Bracha Shapira, and Paul B. Kantor,
eds. *Recommender System Handbook.* 2011 ed. New York:
Springer, 2010.

中文範式：

編者編。書名。出版地：出版者，出版年。

範例：

夏學理、凌公山、陳媛編。文化行政。台北市：五南文化，2012。

5. 翻譯作品 [17.1.1.1; 17.1.1.2]

i. 英文翻譯作品

英文範式：

Author's Last name, First name Middle name. *Title of the Book.*
Translated by Translator's First name Middle name Last name.
Location: Publisher, Year.

範例：

Grant, Daniel H. *How Will You Measure Your Life?* Translated by Suzanne Christensen. Taipei: CUN, 2013.

ii. 中文翻譯作品，原作者有中譯姓名

中文範式：

原作者中譯姓名（Author's First name Middle name Last name）。翻譯書名。譯者譯。譯本出版地：譯本出版者，譯本出版年。

範例：

艾德蒙‧德瓦爾（Edmund de Waal）。琥珀眼睛的兔子。黃煜文譯。新北市：漫步文化，2013。

iii. 中文翻譯作品，原作者無中譯姓名

中文範式：

Author's Last name, First name Middle name。翻譯書名。譯者譯。譯本出版地：譯本出版者，譯本出版年。

範例：

Stevenson, William J.。作業管理。十一版。何應欽編譯。台北市：華泰文化，2013。

iv. 翻譯書籍封面僅出現譯者

英文範式：

Translator's Last name, First name Middle name, trans. *Title of the Book*. Location: Publisher, Year.

範例：

Stevenson, Catherine, trans. *Silent Army*. New York: CNN, 2013.

中文範式：

譯者譯。翻譯書名。譯本出版地：譯本出版者，譯本出版年。

範例：

李佳儒譯。如何與作者溝通。苗栗縣：拉特文化，2013。

6. 作者為團體組織 [17.1.1.3]

英文範式：

Name of Group Author. *Title of the Book*. Location: Publisher, Year.

範例：

American Psychological Association. *Publication Manual of the American Psychological Association*. 4th ed. Washington, DC: American Psychological Association, 1994.

中文範式：

團體名稱。書名。出版地：出版者，出版年。

範例：

PCuSER 研究室。*Word、Excel、PowerPoint 強效精攻 500 招*。台北市：PCuSER 電腦人文化，2012。

◎補充說明：

引用時，作者一律列出全名，不可將作者名縮寫或簡稱。

---

7. 非英文題名之書籍 [17.1.2.3]

拉丁語系書名之範式：

Author's Last name, First name Middle name. *Original title of the book* [English title of book]. Location: Publisher, Year.

範例：

Gouguenheim, Sylvain. *Aristote au mont Saint-Michel: Les racines grecques de l'Europe chrétienne*. Paris: Editions du Seuil, 2008.

Wereszycki, Henryk. *Koniec sojuszu trzech cesarzy* [The end of the Three Emperors' league]. Warsaw: PWN, 1977.

◎補充說明：

若有原始英文並列題名之書籍者，作者英文姓名著錄後，列出原始正題名（須使用 italic 字體），再以方括號置入原始英文並列題名（不使用 italic 字體或引號），且原始正題名及原始英文並列題名首字的第一個字母大寫，其餘皆小寫，碰到專有名詞時首字母須大寫。

【並列題名】意指原始文獻作者針對正題名所訂之不同語言相對應題名。

東方語系書名之範式 I：

Author's Last name, First name Middle name. *Transliterated title of the book* [English title of book]. Location: Publisher, Year.

範例：

Yu Guoming, *Zhongguo chuan mei fa zhan qian yan tan suo* [New perspectives on news and communication]. Beijing: Xin hua chu ban she, 2011.

Hiro, Arikawa. *Sora tobu kouhoushitsu*. Tokyo: Gentosha, 2012.

◎補充說明：

範式 I 限以英文為主要書寫語言者使用。在引用東方語系文獻時，若有原始英文並列題名之書籍者，作者英文姓名著錄後，列出原始正題名音譯（transliterated）過後之拼音（須使用 italic 字體），再以方括號置入原始英文並列題名，另不使用 italic 字體或引號，且音譯題名及英文並列題名採 sentence-style，即首字的第一個字母大寫，其餘皆小寫，碰到專有名詞時首字母須大寫。此原因在於西方學者，大多無法辨識音譯題名斷詞後之各種詞性，如：介係詞或名詞，故僅能採用 sentence-style 之方式處理。

從以上範例可看出 Chicago (Turabian) 第八版在參考書目格式中，對於中文作者姓名呈現方式為先姓再名且中間僅以空格分開（例如 Yu Guoming），但本書主張若欲清楚辨識中文作者之英文姓名者，則可遵從先姓再名且中間以逗號及空格分開方式（例如 Yu, Guoming），以免影響作者姓名權威控制之準確，並可保持參考書目編排之一致性。

東方語系書名之範式 II：

作者原文姓名。原始書名。出版地：出版者，出版年。

範例：

三浦しをん。舟を編む。東京：光文社，2011。

◎補充說明：

範式 II 限正文以中文書寫者使用。在引用東方語系文獻時，直接著錄原始資訊不做任何翻譯，僅於羅馬化作業時才進行英譯程序，詳細規範請參考本書第三篇第六章。

8. 特定版本／版次 [17.1.3.1]

英文範式：

Author's Last name, First name Middle name. *Title of the Book.* xx ed. Location: Publisher, Year.

範例：

Russell, Stuart, and Peter Norvig. *Artificial Intelligence: A Modern Approach.* 3rd ed. Upper Saddle River: Prentice Hall, 2009.

中文範式：

作者。書名。版本／版次。出版地：出版者，出版年。

範例：

謝冰瑩、應裕康、邱燮友、黃俊郎、左松超、傅武光、林明波、黃志民。新譯古文觀止。增訂五版。台北市：三民，2012。

◎補充說明：

書籍資訊若需註明可計量之卷冊數、期數、號數等，均以阿拉伯數字表示，惟版次以國字數字表示。版本／版次呈現方式，如下所示：二版（2nd ed.）；三版（3rd ed.）；四版（4th ed.）；五版（5th ed.）；修訂／增訂版（Rev. ed.），以此類推。

---

9. 特定卷／冊 [17.1.4.1]

i. 有單獨的卷／冊名

英文範式：

Author's Last name, First name Middle name. *Title of the Book.* Vol. xx, *Title of the Volume.* Location: Publisher, Year.

範例：

Naficy, Hamid. *A Social History of Iranian Cinema*. Vol. 2, *The Industrializing Years, 1941-1978*. Durham, NC: Duke University Press, 2011.

中文範式：

作者。書名。第xx卷／冊，卷／冊名。出版地：出版者，出版年。

範例：

醉琉璃。神使繪卷。第1卷，夜祭與山神歌謠。台北市：魔豆文化，2013。

ii. 無單獨的卷／冊名（列出所有引用過的卷／冊次）

英文範式：

Author's Last name, First name Middle name. *Title of the Book*. Vols. xx, xx, and xx. Location: Publisher, Year.

範例：

Byrne, Muriel St. Clare, ed. *The Lisle Letters*. Vols. 1 and 4. Chicago: University of Chicago Press, 1981.

Lin, Mo-Li, and Pin-Yun Chiu, eds. *Humans of London*. Vol. 2. Notting Hill: LIG, 2013.

中文範式：

作者。書名。第xx、xx、xx卷／冊。出版地：出版者，出版年。

範例：

黃易。日月當空。第11、13卷。台北市：時報文化，2013。

張玉法。中華通史。第1卷。台北市：東華，2011。

> ◎補充說明：
>
> 書籍資訊若需註明可計量之卷冊數、期數、號數等，均以阿拉伯數字表示，惟版次以國字數字表示。若是以上、中、下或甲、乙、丙等先後順序者，則直接照錄之。

10. 叢書中之單本著作 [17.1.5]

英文範式：

Author's Last name, First name Middle name. *Title of the Book.* Edited by Editor's First name Middle name Last name. Title of the Series, edited by Series Editor's First name Middle name Last name, vol. xx. Location: Publisher, Year.

範例：

Fang, Zujie, Ken Chin, Ronghui Qu, and Haiwen Cai. *Fundamentals of Optical Fiber Sensors*. Wiley Series in Microwave and Optical Engineering, edited by Kai Chang, vol. 266. Hoboken: Wiley, 2012.

Keck, Jörn, Dimitri Vanoverbeke, and Franz Waldenberger. *EU-Japan Relations, 1970-2012: From Confrontation to Global Partnership*. Routledge Contemporary Japan Series 46. New York: Routledge, 2013.

Stein, Gertrude. *Selections*. Edited by Joan Retallack. Poets for the Millennium, edited by Pierre Joris and Jerome Rothenberg, vol. 6. Berkeley: University of California Press, 2008.

中文範式：

作者。書名。編者編。叢書名，叢書編者編，第 xx 卷／冊。出版地：出版者，出版年。

範例：

王小林。從漢才到和魂：日本國學思想的形成與發展。聯經學術。台北市：聯經，2013。

肖水。中文課：肖水詩集。鼓吹詩人叢書 19。台北市：釀出版，2013。

許壽裳。許壽裳日記。臺灣文學與文化研究叢書 - 文獻篇，北岡正子、陳漱渝、秦賢次、黃英哲主編，第 1 冊。台北市：國立臺灣大學出版中心，2010。

◎補充說明：

若有列出叢書編者，則叢書號必須以 vol. x 或第 x 卷／冊呈現。此外，書籍資訊若需註明可計量之卷冊數、期數、號數等，均以阿拉伯數字表示，惟版次以國字數字表示。若是以上、中、下或甲、乙、丙等先後順序者，則直接照錄之。

---

11. 單一作者書籍之篇章 [17.1.8.1]

i. 單一作者書籍之篇章

英文範式：

Author's Last name, First name Middle name. "Title of the Article." In *Title of the Book*, xxx-xx. Location: Publisher, Year.

範例：

Smith, Josh. "Open Access." In *Scholarly Publication in 21st Century*, 10-20. Taipei: MIS, 2013.

中文範式：

作者。「文章題名」。在書名，起訖頁碼。出版地：出版者，
出版年。

範例：

陳國賁。「移民企業的多種特徵」。在華商：族裔資源與商業謀略，
1-50。台北市：中華書局，2010。

ii. 單一作者書籍之序論、前言或後記

英文範式：

Author's Last name, First name Middle name. Introduction/Preface/
Foreword/Afterword to *Title of the Book*, by Book Author's First
name Middle name Last name, xxx-xx. Location: Publisher,
Year.

範例：

Calhoun, Craig. Foreword to *Multicultural Politics: Racism,
Ethnicity, and Muslims in Britain*, by Tariq Modood, ix-xv.
Minneapolis: University of Minnesota Press, 2005.

Crosby, Alfred W. *Ecological Imperialism: The Biological Expansion
of Europe, 900-1900*. New ed. New York: Cambridge University
Press, 2004.

中文範式：

撰稿者。書名之序論／前言／後記，書籍作者著，起訖頁碼。
出版地：出版者，出版年。

範例：

邱品耘。倫敦流浪記之前言，邱大同著，xiv-xv。台北市：華中書局，
2007。

吳若權。溫柔，是最堅強的力量。台北市：高寶，2011。

◎補充說明：

引用書籍作者自己所撰寫之序論／前言／後記者，參考書目則直接按照
一般書籍格式著錄即可。

---

12. 編著文輯之單篇論文 [17.1.8.2]

英文範式：

Author's Last name, First name Middle name. "Title of the Article."
In *Title of the Book*, edited by Editor's First name Middle name
Last name, xxx-xx. Location: Publisher, Year.

範例：

Didur, Jill. "Cultivating Community: Counter Landscaping in Kiran
Desai's the Inheritance of Loss." In *Postcolonial Ecologies:
Literatures of the Environment*, edited by Elizabeth DeLoughrey
and George B. Handley, 43-61. New York: Oxford University
Press, 2011.

中文範式：

作者。「文章題名」。在書名，編者編，起訖頁碼。出版地：
出版者，出版年。

範例：

賴文平。「海峽兩岸智慧財產權保護合作協議與相關協議之比較」。
在兩岸知識產權發展研究：兩岸法學博士專家專論文集，張凱娜
主編，17-30。台北市：元照，2011。

13. 以電子形式出版的書籍 [17.1.10]

英文範式：

Author's Last name, First name Middle name. *Title of the Book.*
Location: Publisher, Year. E-book Format. /Accessed Month
Date, Year. http://dx.doi.org/10.xxxx or Database Name or
http://xxxxxxxxx.

範例：

de Saint-Exupéry, Antoine. *The Little Prince.* San Diego: Harcourt
Brace, 1971. Accessed June 18, 2013. http://www.ebookstube.
com/book/the-planet-of-libris-the-little-prince-series-book-11-
bn3049473.html.

Hogan, Erin. *Spiral Jetta: A Road Trip through the Land Art of the
American West.* Chicago: University of Chicago Press, 2008.
Adobe PDF eBook.

Joseph P. Quinlan, *The Last Ecanomic Superpower: The Retreat of
Globalization, the End af American Dominance, and What We
Can Do about It.* New York: McGraw-Hili, 2010. Accessed
November 1, 2011. ProQuest Ebrary.

中文範式：

作者。書名。出版地：出版者，出版年。電子書檔案格式。／
檢索於 xxxx 年 xx 月 xx 日。http://dx.doi.org/10.xxxx 或資料
庫名稱或 http://xxxxxxxxx。

範例：

江秀雪。美國學校是這樣教孩子的。台北市：新苗文化，2012。檢索於 2013 年 6 月 18 日。http://reading.udn.com/v2/bookDesc.do?id=39706。

陳穎青。老貓學數位。台北市：貓頭鷹，2010。Adobe PDF eBook。

雷振宇。旅行的意義。台北市：花開文化，無日期。檢索於 2013 年 6 月 18 日。Udn 數位閱讀館。

（二）期刊論文（**Journals**）

1. 連續編碼之期刊文章 [17.2.4.1]

英文範式：

Author's Last name, First name Middle name. "Title of Article." *Title of Journal*, no. xx (Season/Month Year): xxx-xx. Accessed Month Date, Year. http://dx.doi.org/10.xxxx or http:// xxxxxxxxx.

範例：

Kao, Chen-Yang. "Church as 'Women's Community': The Feminization of Protestantism in Contemporary China." *Journal of Archaeology and Anthropology*, no. 78 (June 2013): 107-40. Accessed June 18, 2013. http://dx.doi.org/10.6152/jaa.2013.06.0004.

中文範式：

作者。「文章題名」。期刊刊名，xx 期（xxxx 年 x 月／季）：起訖頁碼。檢索於 xxxx 年 xx 月 xx 日。http://dx.doi.org/10.xxxx 或 http://xxxxxxxxx。

範例：

> 林世強。「金門島嶼型災害特性及規模設定方法之探討」。地理學報，
> 69 期（2013 年 6 月）：1-24。檢索於 2013 年 8 月 1 日。http://
> dx.doi.org/10.6161/jgs.2013.69.01。

2. 各期單獨編碼之期刊文章 [17.2.4.1]

英文範式：

> Author's Last name, First name Middle name. "Title of Article."
> *Title of Journal* xx, no. xx (Season/Month Year): xxx-xx.
> Accessed Month Date, Year. http://dx.doi.org/10.xxxx or http://
> xxxxxxxxx.

範例：

> Gartnera, Richard. "Parliamentary Metadata Language: An XML
> Approach to Integrated Metadata for Legislative Proceedings."
> *Journal of Library Metadata* 13, no. 1 (April 2013): 17-35.
> Accessed June 18, 2013. http://dx.doi.org/10.1080/19386389.20
> 13.778728.

中文範式：

> 作者。「文章題名」。期刊刊名 xx 卷，xx 期（xxxx 年 x 月／季）：
> 起訖頁碼。檢索於 xxxx 年 xx 月 xx 日。http://dx.doi.org/10.
> xxxx 或 http://xxxxxxxxx。

範例：

> 陳書梅。「發展性繪本書目療法與大學生之情緒療癒」。大學圖書館
> 17 卷，2 期（2013 年 9 月）：22-43。檢索於 2014 年 6 月 18 日。
> http://dx.doi.org/10.6146/univj.17-2.02。

3. 即將出版之期刊文章 [17.2.4.2]

英文範式：

Author's Last name, First name Middle name. "Title of Article." *Title of Journal* (forthcoming). Accessed Month Date, Year. http://dx.doi.org/10.xxxx or http://xxxxxxxxx.

範例：

Briscoe, Robert. "Egocentric spatial representation in action and perception." *Philosophy and Phenomenological Research* (forthcoming). Accessed June 18, 2013. http://cogprints.org/5780/1/ECSRAP.F07.pdf.

中文範式：

作者。「文章題名」。期刊刊名（即將出版）。檢索於 xxxx 年 xx 月 xx 日。http://dx.doi.org/10.xxxx 或 http://xxxxxxxxx。

範例：

雷振宇。「旅行的意義：美籍人士旅台經驗之研究」。旅遊學刊（即將出版）。檢索於 2013 年 6 月 18 日。http://tkuir.lib.tku.edu.tw:8080/dspace/handle/987654321//1987/1987.05.16.pdf。

◎補充說明：

引用即將出版（forthcoming）之期刊文章者，係指文章已被接受，但尚未出版者。可註明檢索日期、DOI 數位物件識別碼連結網址或 URL 資源定位網址。對於尚未被出版者接受之文章者，概稱未出版文稿（unpublished manuscript），例如：碩博士論文、會議中發表的講演或論文等；同性質情況，APA 格式稱之為 in press（付梓中）。

---

4. 引用期刊之特刊或增刊 [17.2.6]

i. 引用特刊中的單篇文章

英文範式：

Author's Last name, First name Middle name. "Title of Article." In
　　"Title of Special Issue," edited by Editor's First name Middle
　　name Last name. Special issue, *Title of Journal* xx, no. xx
　　(Season/Month Year): xxx-xx. Accessed Month Date, Year.
　　http://dx.doi.org/10.xxxx or http://xxxxxxxxx.

範例：

Schmidt, Christoph M., and Benjamin Weigert. "Weathering the
　　Crisis and Beyond: Perspectives for the Euro Area." In "Public
　　Finance, Public Debt and Global Recovery," edited by Jack
　　Mintz and Michael Smart. Special issue, *International Tax and
　　Public Finance* 20, no. 4 (August 2013): 564-95. Accessed June
　　18, 2013. http://dx.doi.org/10.1007/ s10797-013-9290-z.

中文範式：

作者。「文章題名」。在「特刊主題名」，當期編者編。特
　　刊，期刊刊名 xx 卷，xx 期（xxxx 年 x 月／季）：起訖頁
　　碼。檢索於 xxxx 年 xx 月 xx 日。http://dx.doi.org/10.xxxx 或
　　http://xxxxxxxxx。

範例：

劉婉珍。「博物館學習資源的需要與想望」。在「博物館學習資源」，
　　葉貴玉編。特刊，博物館學季刊 24 卷，4 期（2010 年 10 月）：
　　19-35。檢索於 2013 年 6 月 18 日。http://web2.nmns.edu.tw/PubLib/
　　Library/quaterly/201010_19.pdf。

ii. 引用整期特刊

英文範式：

Editor's Last name, First name Middle name, ed. "Title of Special Issue." Special issue, *Title of Journal* xx, no. xx (Season/Month Year). Accessed Month Date, Year. http://dx.doi.org/10.xxxx or http://xxxxxxxxx.

範例：

Mintz, Jack, and Michael Smart, eds. "Public Finance, Public Debt and Global Recovery." Special issue, *International Tax and Public Finance* 20, no. 4 (August 2013). Accessed June 18, 2013. http://link.springer.com/journal/10797/20/4/page/1.

中文範式：

當期編者編。「特刊主題名」。特刊，期刊刊名 xx 卷，xx 期（xxxx 年 x 月／季）。檢索於 xxxx 年 xx 月 xx 日。http://dx.doi.org/10.xxxx 或 http://xxxxxxxxx。

範例：

葉貴玉編。「博物館學習資源」。特刊，博物館學季刊 24 卷，4 期（2010 年 10 月）。檢索於 2013 年 6 月 18 日。http://web2.nmns.edu.tw/PubLib/Library/quaterly.php?indx=98。

iii. 引用增刊中的單篇文章

英文範式：

Author's Last name, First name Middle name. "Title of Article." In "Title of Supplement," *Title of Journal* xx, Sxx (Season/Month Year): Sxxx-xx. Accessed Month Date, Year. http://dx.doi.org/10.xxxx or http://xxxxxxxxx.

範例：

Ekeland, Ivar, James J. Heckman, and Lars Nesheim. "Identification and Estimation of Hedonic Models." In "Papers in Honor of Sherwin Rosen," *Journal of Political Economy* 112, S1 (February 2004): S60-S109. Accessed December 23, 2011. http://dx.doi.org/10.1086/379947.

中文範式：

作者。「文章題名」。在「增刊主題名」，期刊刊名 xx 卷，xx 期增刊（xxxx 年 x 月／季）：xxx-xx。檢索於 xxxx 年 xx 月 xx 日。http://dx.doi.org/10.xxxx 或 http://xxxxxxxxx。

範例：

林茉莉、邱品耘。「探討旅遊滿意度與幸福感的關係」。在「休閒生活型態與效益」，鄉村旅遊研究 49 卷，增刊（2012 年春季）：S297-S310。檢索於 2013 年 6 月 18 日。http://dx.doi.org/10.0618/75199。

李福清。「中國曲藝與年畫」。在「2008 民俗暨民間文學國際學術研討會專號」，民間文學年刊，2 期增刊（2009 年 2 月）：3-18。

◎**補充說明：**

期刊出版社針對增刊時的頁碼將有別於一般卷期上的編排，而國外期刊通常會在頁碼前面加 S 以示區別，使用者可視實際情況著錄之。

（三）雜誌文章（**Magazines**）[17.3]

英文範式：

Author's Last name, First name Middle name. "Title of Article." *Title of Magazines*, Month Date, Year. Accessed Month Date, Year. http://dx.doi.org/10.xxxx or Database Name or http:// xxxxxxxxx.

範例：

Moscaritolo, Angela. "A Factory That Makes Factories." *PC Magazine*, August, 2013. Accessed June 18, 2013. EBSCOhost.

中文範式：

作者。「文章題名」。雜誌刊名，xxxx 年 x 月 x 日。檢索於 xxxx 年 xx 月 xx 日。http://dx.doi.org/10.xxxx 或資料庫名稱 或 http://xxxxxxxxx。

範例：

焦元溥。「張愛玲點唱機」。*PAR* 表演藝術，2013 年 2 月 1 日。

（四）報紙報導（Newspapers）[17.4.2]

無範式

◎補充說明：
> 報紙報導的引用條目僅須出現在正文中的註釋，不須條列至參考書目中。

（五）百科全書或字典（Articles in Encyclopedias and Dictionaries）[17.5.3]

1. 著名的參考工具書

無範式

◎補充說明：
> 著名參考工具書的引用條目僅出現在正文中的註釋裡，不條列至參考書目中。

2. 其他百科全書或字典

英文範式：

Author's Last name, First name Middle name. *Title of Dictionary/ Encyclopedia*. xx ed. Location: Publisher, Year. Accessed Month Date, Year. http://xxxxxxxxx.

範例：

Chapelle, Carol A., ed. *The Encyclopedia of Applied Linguistics*. Chichester, England: Wiley-Blackwell, 2013.

中文範式：

作者。字典／百科全書名。版本／版次。出版地：出版者，出版年。檢索於 xxxx 年 xx 月 xx 日。http://xxxxxxxxx。

範例：

胡述兆主編。圖書館學與資訊科學大辭典。台北市：漢美，1995。

◎補充說明：

若是引用其他百科全書或字典則必須列出出版者、出版地及出版年。

（六）碩博士論文（Theses and Dissertations）[17.6.1]

英文範式：

Author's Last name, First name Middle name. "Title of the Thesis/ Dissertatio." Master's thesis/PhD diss., School's Name, Year. Accessed Month Date, Year. http://dx.doi.org/10.xxxx or Database Name or http://xxxxxxxxx.

範例：

Fortenberry, Brent Russell. "Church, State, and the Space In Between: An Archaeological and Architectural Study of St. George's Bermuda." PhD diss., Boston University, 2013. Accessed September 30, 2013. http://gradworks.umi. com/35/29/3529018.html.

中文範式：

作者。「論文名稱」。碩士／博士論文，學校名稱，出版年。
檢索於 xxxx 年 xx 月 xx 日。http://xxxxxxxxx。

範例：

黃文彥。「開放式期刊典藏系統設計與實作：以教育資料與圖書館學
為例」。碩士論文，淡江大學，2009。檢索於 2013 年 6 月 18 日。
http://etds.lib.tku.edu.tw/etdservice/view_metadata?etdun=U0002-
0207201006032900&start=21&end=40&from=CATE&cateid=A007。

◎**補充說明：**

Chicago (Turabian) 第八版規定在著錄碩博士論文之出版地資訊時，僅著
錄其學校名稱即可，不須進一步著錄至系所。但為保持資料之完整性及
書目計量之方便性，建議使用者亦可著錄至系所。如下所示：

黃文彥。「開放式期刊典藏系統設計與實作：以教育資料與圖書館
學為例」。碩士論文，淡江大學資訊與圖書館學系，2009。檢
索於 2013 年 6 月 18 日。http://etds.lib.tku.edu.tw/etdservice/view_
metadata?etdun=U0002-0207201006032900&start=21&end=40&from=
CATE&cateid=A007。

（七）會議中發表的講演或論文（ Lectures and Papers Presented at Meetings） [17.6.2]

1. 會議中發表的講演

英文範式：

Author's Last name, First name Middle name. "Title of the Speech." Lecture, Sponsorship, Location, Month Date, Year.

範例：

Crane, Gregory R. "Contextualizing Early Modern Religion in a Digital World." Lecture, Newberry Library, Chicago, September 16, 2011.

中文範式：

講者。「講演主題」。講演，舉辦單位，舉辦地，xxxx 年 x 月 x 日。

範例：

翁明賢。「淡江戰略學派」。講演，淡江大學出版中心，新北市，2013 年 6 月 18 日。

2. 會議中發表的論文

英文範式：

Author's Last name, First name Middle name. "Title of the Paper." Paper presented at Conference's Name, Location, Month Date, Year. Accessed Month Date, Year. http://dx.doi.org/10.xxxx or Database Name or http://xxxxxxxxx.

範例：

Oyanagi, Shigeru, Kazuto Kubota, and Akihiko Nakase. "Application of Matrix Clustering to Web Log Analysis and Access Prediction." Paper presented at WEBKDD 2001-Mining Web Log Data Across All Customers Touch Points, Third International Workshop, San Francisco, CA, August 26, 2001. Accessed June 18, 2013. http:// robotics.stanford.edu/~ronnyk/WEBKDD2001/ shigeru.pdf.

中文範式：

作者。「文章題名」。論文發表於會議名稱，舉辦地，xxxx 年 x 月 x 日。檢索於 xxxx 年 xx 月 xx 日。http://dx.doi.org/10. xxxx 或資料庫名稱或 http://xxxxxxxxx

範例：

林素甘。「誰在書寫蘭嶼，建構蘭嶼知識：蘭嶼專題圖書之分析」。論文發表於 2012 年第十一屆海峽兩岸圖書資訊學學術研討會，新北市，2012 年 7 月 4-5 日。

（八）網路資源（Websites, Blogs, Social Networks, and Discussion Groups）

1. 一般網站或網頁 [17.7.1]

英文範式：

Author's Last name, First name Middle name. "Title of Page." Title/ Owner of Site. (Last modified) Month Date, Year. Accessed Month Date, Year. http://xxxxxxxxx.

範例：

Brooks, Susannah. "Longtime Library Director Reflects on a Career at the Crossroads." University of Wisconsin-Madison News. Last modified September 1, 2011. Accessed May 14, 2012. http://www.news.wisc.edu/19704.

中文範式：

作者。「文章名稱」。網站名稱／網站擁有者。（最後更新於）xxxx 年 x 月 x 日。檢索於 xxxx 年 xx 月 xx 日。http://xxxxxxxxx。

範例：

淡江大學。「教育學院出版國內第 1 本數位原生全方位學習的教學指引專書」。淡江大學資訊處數位設計組。最後更新於 2012 年 12 月 30 日。檢索於 2013 年 6 月 18 日。http://gdc.tku.edu.tw/TodayNews/fcdtl.aspx?id=807。

2. 部落格的文章 [17.7.2]

英文範式：

Author's Last name, First name Middle name. "Title of Entry." *Name of Blog*. Month Date, Year. Accessed Month Date, Year. http://xxxxxxxxx.

範例：

Becker, Gary. "Is Capitalism in Crisis?" *The Becker-Posner Blog*. February 12, 2012. Accessed February 16, 2012. http://www.becker-posner-blog.com/ 2012;02/ is-capitalism-in-crisis-becker.html.

中文範式：

作者。「文章名稱」。部落格名稱。xxxx 年 x 月 x 日。檢索於 xxxx 年 xx 月 xx 日。http://xxxxxxxxx。

範例：

陳穎青。「只見電子不見書」。內容推進實驗室。2010 年 2 月 2 日。檢索於 2013 年 6 月 18 日。http://www.contnt.net/2010/02/ebook-and-ereader.html。

3. 社群網站 [17.7.3]

無範式

> ◎補充說明：
>
> 社群網站的引用條目僅須出現在正文中的註釋，不須條列至參考書目中。

二、Bibliography 參考書目排序問題

中文參考書目在前，按照作者姓氏筆畫排列，英文參考書目在後，按照作者姓氏字母順序排列。

範例：

Stevenson, William J.。作業管理。十一版。何應欽編譯。台北市：華泰文化，2013。

王文宇、林國全、曾宛如、王志誠、許忠信、汪信君。商事法。台北市：元照，2008。

邱炯友。學術傳播與期刊出版。台北市：遠流，2006。

蕭家捷、賴文智。個人資料保護法 *Q&A*。台北市：元照，2013。

Brooks, Kenneth N., Peter F. Ffolliott, and Joseph A. Magner. *Hydrology and the Management of Watersheds*. 4th ed. Ames: Wiley-Blackwell, 2013.

Buchanan, Elizabeth A., and Kathrine A. *Henderson. Case Studies in Library and Information Science Ethics*. Jefferson: McFarland, 2009.

Wildemuth, Barbara M. *Applications of Social Research Methods to Questions in Information and Library Science*. Westport, CT: Libraries Unlimited, 2009.

如遇連續相同作者之參考書目，在之後的參考書目中，作者名則用下底線「_____」呈現。同作者之參考書目則以題名或文章篇名之筆畫或字母順序作排列。

範例：

王文宇。「閉鎖性公司修法方向建議」。全國律師 17 卷，2 期（2013 年 2 月）：4-16。

王文宇、林國全、曾宛如、王志誠、許忠信、汪信君。商事法。台北市：元照，2008。

邱炯友。大學出版社與學術出版。台北縣：淡江大學資訊與圖書館學系，2003。

_____。學術傳播與期刊出版。台北市：遠流，2006。

邱炯友、林瑞慧。「台灣圖書產業調查與出版學系所解讀報告」。論文發表於 2012 年第十一屆海峽兩岸圖書資訊學學術研討會：新北市，2012 年 7 月 4-5 日。

蕭家捷、賴文智。個人資料保護法 *Q&A*。台北市：元照，2013。

Brooks, Kenneth N., Peter F. Ffolliott, and Joseph A. Magner. *Hydrology and the Management of Watersheds*. 4th ed. Ames: Wiley-Blackwell, 2013.

Brooks, Kenneth N., Peter F. Ffolliott, and Leonard F. DeBano. *Hydrology and the Management of Watersheds*. 2nd ed. Ames: Iowa State Press, 1997.

———. *Hydrology and the Management of Watersheds*. 3rd ed. Ames: Iowa State Press, 2003.

Buchanan, Elizabeth A., and Kathrine A. Henderson. *Case Studies in Library and Information Science Ethics*. Jefferson: McFarland, 2009.

Wildemuth, Barbara M. *Applications of Social Research Methods to Questions in Information and Library Science*. Westport, CT: Libraries Unlimited, 2009.

———. "The Effects of Domain Knowledge on Search Tactic Formulation." *Journal of the American Society for Information Science & Technology* 55, no. 3 (February 2004): 246-58. Accessed June 18, 2013. http://dx.doi.org/10.1002/asi.10367.

第三篇
中文引用文獻羅馬化

第四章
羅馬化編排處理及範例使用說明

一、基本概述

1. 本書針對部分國外西文專業資料庫之引文索引建檔與中文辨讀之需求，凡屬中文引用資料，則增列中文羅馬化拼音之「參考文獻」（或「註釋」）一式；但不包含韓文、日文等東方語言之文獻資料。

2. 參考文獻（reference）或註釋（note）羅馬化英譯規則，仍遵循 APA 或 Chicago (Turabian) 格式之精神及原則，進行必要且相對應之編排處理。此羅馬化作業屬權宜措施，不可取代原有正式之引文規範。

3. 本書所用漢語拼音之音節斷詞（分詞）情況無一定規範，各期刊編輯應視情況自行決定分詞原則，但仍應保持依事實與習慣為優先原則。

4. 作者（含團體作者）、機構名稱（出版者）、地名（出版地）：為強調權威控制之必要性，依事實與習慣為英譯，如無法查證時，中國大陸地區作者人名以漢語拼音處理，台灣作者人名則以威妥瑪拼音處理。作者若為筆名時，仍以作者慣用之英譯名為優先著錄，如無法查證時，則統一以漢語拼音處理；若筆名能辨別作者姓氏，則按照 APA 及 Chicago (Turabian) 格式之原則著錄。

5. 所謂的音節斷詞係依中文朗讀與應有字義區分成一段段特定音譯字詞，其中可能夾雜專有名詞、動詞與介係詞等不同詞性字詞。

西方格式規範工具書常強調文獻題名之「句子格式」（Sentence-style）意指詞句第一字詞首字母大寫以及各專有名詞首字母大寫，然而，由於西方索引編製者（包括其他西方學者與讀者）大都無法識讀中文字體與羅馬拼音後之正確對應詞義，故仍無法依「句子格式」判定此音譯後之詞句之詞性，處理首字母大寫之原則。因此西方格式規範工具書對於引文羅馬化後之字詞常僅略作首字字母大寫，而不再依其原規範處理任何原須首字母大寫者。本書引文羅馬化篇章之精神目的自不同於一般西方格式工具書（參見序言），因此仍依「句子格式」精神與原西方格式工具書一般規範，於字義辨讀後進行必要之題名首字母大寫處理。惟團體作者音譯時，整體字詞仍簡化視為單一專有名詞，僅詞句第一字首字母大寫。本書建議使用教育部終身教育司所建置之「中文譯音轉換系統」查詢漢語拼音及威妥瑪拼音。

筆名範例（無姓氏者）：

醉琉璃 [Zuiliuli]

肖水 [Xiaoshui]

筆名範例（有姓氏者）：

APA 羅馬化 --> 黃易 [Huang, Yi]

Chicago (Turabian) 註釋（note）羅馬化 --> 黃易 [Yi Huang]

團體作者範例（無正式英文名稱者）：

書法研究發展小組 [Shufa yenchiu fachan hsiaotsu]

6. 書刊名、文章題名：採用（登載於原書刊名、篇名等之正式英譯）照錄原則；若原刊文無英譯（正題名或並列題名），則依漢語拼音音譯著錄之。

範例：

南京大學學報 *Journal of Nanjing University*

玉山國家公園解說志工工作滿足之研究 *Yushan National Park jieshuo zhigong gongzuo manzu zhi yanjiu*

7. 混用狀況：

地名、機構、人名與其他事實描述，交錯共同構成題名之一部分時，為避免冗長拼音難以辨讀，增加西方使用者閱讀掌握能力，可將該題名中之「地名、機構、人名」依事實與習慣英譯（包括意譯或音譯），其餘字詞則補以漢語拼音處理。此作法可避免擾亂原西方所熟識之英文名稱。

範例：

「中國科學院與湯姆森科技資訊集團聯手推出中國科學引文索引」["Chinese Academy of Sciences yu Thomson Scientific Lianshou Tuichu Chinese Science Citation Database"]

8. APA 及 Chicago (Turabian) 格式均先列出基本範式，隨後將實例臚列呈現。本書提供二種實例對照，第一種為方便華文使用者在閱讀上可進行中英對照，則在中文資料項後直接緊連方括號 [] 進行羅馬化英譯作業；第二種為加速國外期刊資料庫進行引文索引建檔之需求，雖犧牲了中文閱讀掌握程度，而將原有中文省

略，僅保留羅馬化英譯部分，並於資料最後註記（in Chinese）
等字樣以便與外文資料者相互區隔。二種實例如下所列：

範例 A：

　　1. 林信成、陳瑩潔、游忠諺 [Sinn-Cheng Lin, Ying-Chieh
Chen, and Chung-Yen Yu]，「Wiki 協作系統應用於數位典藏之
內容加值與知識匯集」["Application of Wiki Collaboration System
for Value Adding and Knowledge Aggregation in a Digital Archive
Project,"]，教育資料與圖書館學 43 卷，3 期（2006 年 4 月）：
285-307 [*Journal of Educational Media & Library Sciences* 43, no.
3 (April 2006): 285-307]。

範例 B：

　　1. Sinn-Cheng Lin, Ying-Chieh Chen, and Chung-Yen Yu,
"Application of Wiki Collaboration System for Value Adding and
Knowledge Aggregation in a Digital Archive Project," *Journal of
Educational Media & Library Sciences* 43, no. 3 (April 2006): 285-
307. (in Chinese)

9. 為維持閱讀流暢性、邏輯性及相關性，是以分項概念為基礎
   進行羅馬化編排處理。此外，進行羅馬化時，APA 參考文獻
   （reference）格式與 Chicago (Turabian) 註釋（note）格式其分項
   原則仍需保持一致，以下將兩種格式之分項原則逐一說明。

二、羅馬化分項說明

（一）APA 參考文獻（reference）格式

著者項：

含主要著者敘述及著作方式

傅祖壇、張靜貞（編）[Fu, Tsu-Tan, & Chang, Ching-Cheng (Eds.).]

題名、版本、卷次、冊次與資料細節項：

含正題名、副題名、卷／冊次、版本敘述及次要作者敘述；若以單篇文章形式，則文章題名須單獨進行羅馬化英譯作業且註明文章所在頁數。若為補充說明題名者，則視該項規則而利用圓括弧或方括號說明之。

作業管理（十一版；何應欽譯）[*Operations management* (11th ed.; Ying-Chin Ho, Trans.)]

著作權的基本概念 [Zhuzuoquan de jiben gainian]。在電子書授權契約就該這樣簽：電子書兩岸授權契約範本與注意事項手冊（頁 1-17）[In *Dianzishu shouquan qiyue jiugai zheyang qian: Dianzishu liangan shouquan qiyue fanben yu zhuyishixiang shouce* (pp. 1-17)]

圖書資訊學領域 *Open Access* 期刊分析研究（碩士論文）[*A study of Open Access journals in library and information science field* (Master's thesis)]

只見電子不見書〔部落格文章〕[Zhi jian dianzi bu jian shu [Web log post]]

集叢項：

含叢書正題名、叢書副題名、叢書號、版本敘述及叢書作者敘述，需與卷／冊名個別進行羅馬化英譯作業。

趕流行的流行性感冒 [Ganliuxing de liuxingxing ganmao]。在羅時成（主編），商務科普館：第 5 冊。流感病毒，變變變 [In Shih-Cheng Lo (Ed.), *Shangwu kepuguan: Vol. 5. Liugan bingdu, bian bian bian*]

出版項：

APA 參考文獻（reference）格式的出版項中，僅含出版地及出版者，而出版年必須與著者項個別羅馬化。

台北市：三民 [Taipei: San Min]

林世強 [Lin, Shih-Chiang]（2013 年 6 月）[(2013, June)]

期刊（雜誌、報紙）刊名、卷期與出版日期項：

含期刊（雜誌、報紙）正刊名、副刊名、卷期及出版日期。文章題名須單獨進行羅馬化英譯作業。若引用特刊中的文章或專欄，則必須與前述分項個別羅馬化，並註明其性質。

去中國留學：旅中台生的學習環境與學習態度相關之研究〔專欄〕[Gu China liuxue: Luzhong taisheng de xuexi huanjing yu xuexi taidu [Special section]]。多元文化與教育，78(4)，78-84 [*Multiculturalism and Education, 78(4), 78-84*]

檢索項：

僅需將「檢索自」此字串進行羅馬化英譯作業，若文獻資料源自資料庫，則必須將資料庫名稱一同進行羅馬化英譯作業。但不必將 DOI 識別號及檢索網址一同列入。

檢索自 [Retrieved from] http://catalog.digitalarchives.tw/item/00/31/28/4b.html

取自華藝線上圖書館 [Available from Airiti Library]

附註項：

含解說各項資料未詳盡之事，均於附註項補述之。

取自 ProQuest Dissertations & Theses Database [Available from ProQuest Dissertations & Theses Database]。（系統編號 No. 100371）[(Order No. 100371)]

（二）Chicago (Turabian) 註釋（note）格式

著者項：

含主要著者敘述及著作方式

李佳儒譯 [Chia-Ju Li, trans.]

題名、版本、卷次、冊次與資料細節項：

含正題名、副題名、卷／冊次、版本敘述及次要作者敘述；若以單篇文章形式，則文章題名須單獨進行羅馬化英譯作業。

作業管理，十一版，何應欽編譯 [*Operations Management*, 11th ed., ed. and trans. Ying-Chin Ho]

「海峽兩岸智慧財產權保護合作協議與相關協議之比較」 ["Haixia Liangan Intellectual Property Rights Baohu Hezuo

Xieyi yu Xiangguan Xieyi zhi Bijiao,"]，在兩岸知識產權
發展研究：兩岸法學博士專家專論文集，張凱娜主編 [in
*Liangan Zhishi Chanquan Fazhan Yanjiu: Liangan Faxue Boshi
Zhuanjia Zhuanlunwenj*, ed. Kai-Na Chang]

集叢項：

含叢書正題名、叢書副題名、叢書號、版本敘述及叢書作者敘
述，需與卷／冊名個別進行羅馬化英譯作業。

中文課：肖水詩集 [*Zhongwen Ke: Xiaoshui Shiji*]，鼓吹詩人
叢書 19 [Guchui Shiren Congshu 19]

出版項：

含出版地、出版者及出版年。但碩博士論文與會議中的講演及
論文，則必須在此項加以說明其資料細節。

（台北市：遠流，2006）[(Taipei: Yuan-Liou, 2006)]

（碩士論文，淡江大學，2009）[(master's thesis, Tamkang
University, 2009)]

（講演，淡江大學出版中心，新北市，2013 年 6 月 18 日）
[(lecture, Tamkang University Press., New Taipei City, Taiwan,
June 18, 2013)]

（論文發表於 2012 年第十一屆海峽兩岸圖書資訊學學術研
討會，新北市，2012 年 7 月 4-5 日）[(paper presented at The
11th Conference on Library & Information Science Across the
Taiwan Straits, 2012, New Taipei City, Taiwan, July 4-5, 2012)]

期刊（雜誌、報紙）刊名、卷期與出版日期項：

含期刊（雜誌、報紙）正刊名、副刊名、卷期及出版日期。文

章題名須單獨進行羅馬化英譯作業。若引用特刊中的文章，則當期
主題、主編則必須與前述二分項分開羅馬化。

> 「博物館學習資源的需要與想望」["Needs and Wants:
> Museum Learning Resources,"]，在「博物館學習資源」，葉
> 貴玉編，特刊 [in "Museum Learning Resources," ed. Kui-Yu
> Yeh, special issue]，博物館學季刊 24 卷，4 期（2010 年 10
> 月）：19-20 [*Museology Quarterly* 24, no. 4 (October, 2010):
> 19-20]

網路資源說明項：

含網站名稱及更新日期或文章發表日期，在網站中發表的文章
題名須單獨進行羅馬化英譯作業。

> 「只見電子不見書」["Zhi Jian Dianzi Bu Jian Shu,"]，內
> 容推進實驗室，2010 年 2 月 2 日 [*Neirong Tuijin Shiyanshi*,
> February 2, 2010]

檢索項：

含檢索日期，若文獻資料源自資料庫，則必須將資料庫名稱一
同進行羅馬化英譯作業。但不必將 DOI 識別號及檢索網址一同列
入。

> 檢索於 2013 年 6 月 18 日 [accessed June 18, 2013]，http://
> www.contnt.net/2010/02/ebook-and-ereader.html。

> 檢索於 2013 年 6 月 18 日，Udn 數位閱讀館 [accessed June
> 18, 2013, Udn Shuwei Yuedu Guan]

第五章
APA 格式參考文獻（*reference*）羅馬化規範

說明：本格式之部分英文例句取自 American Psychological Association, *Publication Manual of the American Psychological Association*, 6th ed. (Washington, DC: American Psychological Association, 2009)。範例若有不足之處，請逕參閱該書。採用本格式時，亦請留意年代（西元年號）、出版品（標楷體）有別於其餘字體（新細明體）之特別要求。

一、不同參考文獻類型之範式

（一）定期刊物（**Periodicals**）

1. 期刊文章 [7.01.1; 7.01.3]

羅馬化範式：

作者 [Author, A. A.]（xxxx）。文章題名 [Title of article]。期刊
刊名，*xx*(x)，起訖頁碼 [*Title of Journal, xx*(x), xxx-xxx]。
doi:10.xxxx 或檢索自 [Retrieved from] http://xxxxxxxxx

範例 A：

林世強 [Lin, Shih-Chiang]（2013）。金門島嶼型災害特性及規模
設定方法之探討 [Study of the characteristics of Kinmen insular
disasters and methods of determining disaster scales]。地理學報，
69，1-24 [*Journal of Geographical Science, 69*, 1-24]。doi:10.6161/
jgs.2013.69.01

林雯瑤、邱炯友 [Lin, Wen-Yau Cathy, & Chiu, Jeong-Yeou]（2012）。教
育資料與圖書館學四十年之書目計量分析 [A bibliometric study of
the *Journal of Educational Media & Library Sciences*, 1970-2010]。教
育資料與圖書館學，*49*(3)，297-314 [*Journal of Educational Media
& Library Sciences, 49*(3), 297-314]。檢索自 [Retrieved from] http://
joemls.dils.tku.edu.tw/fulltext/49/49-3/297-314.pdf

賈立人、蘇銘德 [Chia, Li-Jen, & Su, Ming-Te]（2013）。新北市三
重區越南女性新住民文化適應之研究 [A study of New Vietnam
Immigrant's cultural adaptation in Sanchong District]。網路社會學通
訊期刊，*112* [*E-Soc Journal, 112*]。檢索自 [Retrieved from] http://
society.nhu.edu.tw/e-j/112/A14.pdf

範例 B：

Lin, Shih-Chiang (2013). Study of the characteristics of Kinmen insular disasters and methods of determining disaster scales. *Journal of Geographical Science, 69,* 1-24. doi:10.6161/jgs.2013.69.01 (in Chinese)

Lin, Wen-Yau Cathy, & Chiu, Jeong-Yeou (2012). A bibliometric study of the *Journal of Educational Media & Library Sciences,* 1970-2010. *Journal of Educational Media & Library Sciences, 49*(3), 297-314. Retrieved from http://joemls.dils.tku.edu.tw/fulltext/49/49-3/297-314.pdf (in Chinese)

Chia, Li-Jen, & Su, Ming-Te (2013). A study of New Vietnam Immigrant's cultural adaptation in Sanchong District. *E-Soc Journal, 112.* Retrieved from http://society.nhu.edu.tw/e-j/112/A14.pdf (in Chinese)

◎補充說明：

若期刊每期頁數均為獨立編碼者，必須於卷數後面使用圓括弧，並在圓括弧中列出期數。每期未獨立編碼者，可視情況而不列期數。

---

2. 非英文之期刊文章 [7.01.4]

東方語系文獻羅馬化範式：

作者原文姓名 [Author, A. A.]（xxxx）。原始文章題名 [Title of article]。期刊刊名，*xx*(x)，起訖頁碼 [*Title of Journal, xx*(x), xxx-xxx*]。doi:10.xxxx 或檢索自 [Retrieved from] http://xxxxxxxxx

範例 A：

朱晛淑 [Joo, Hyun-Sook]（2003）。日本語を母語としない児童の母語力と家庭における母語保持：公立小学校に通う韓国人児童を中心に [The native language abilities and maintenance method at home: Focus on Korean children in Japanese eementary school]。言語文化と日本語教育，*26*，14-26 [*Japanese Language Education, 26,* 14-26]。檢索自 [Retrieved from] http://teapot.lib.ocha.ac.jp/ocha/bitstream/10083/50375/1/02_014-026.pdf

範例 B：

Joo, Hyun-Sook (2003). The native language abilities and maintenance method at home: Focus on Korean children in Japanese eementary school. *Japanese Language Education, 26,* 14-26. Retrieved from http://teapot.lib.ocha.ac.jp/ocha/bitstream/10083/50375/1/02_014-026.pdf (in Japanese)

3. 預定發行之線上期刊文章 [7.01.5]

羅馬化範式：

作者 [Author, A. A.]（xxxx）。文章題名 [Title of article]。期刊刊名 [*Title of Journal*]。doi:10.xxxx 或檢索自 [Retrieved from] http://xxxxxxxxx

範例 A：

陳品邑、毛俊傑、陳子英 [Chen, Ping-Yi, Mao, Jean-Jay, & Chen, Tze-Ying]（2013）。烏石鼻海岸自然保留區的植群分類與製圖 [Vegetation classification and mapping in Wushihbi coastal nature reserve]。宜蘭大學生物資源學刊 [*Ilan University Journal of Bioresources*]。doi:10.6175/job.2013.09.12

範例 B：

Chen, Ping-Yi, Mao, Jean-Jay, & Chen, Tze-Ying (2013). Vegetation classification and mapping in Wushihbi coastal nature reserve. *Ilan University Journal of Bioresources.* doi:10.6175/ job.2013.09.12 (in Chinese)

◎補充說明：

期刊出版社為避免出版時滯，將已通過審查但未正式排版完成之期刊文章，先行分派 DOI 數位物件識別碼或 URL 資源定位網址，得以在網路上優先迅速公開。但使用者仍必須持續更新資訊，直至最後發行之版本。

4. 作者自行上傳至預印本典藏庫之期刊文章 [7.01.6]

羅馬化範式：

作者 [Author, A. A.]（付梓中）[(in press)]。文章題名 [Title of article]。期刊刊名 [*Title of Journal*]。檢索自 [Retrieved from] http://xxxxxxxxx

範例 A：

雷振宇 [Lei, Chen-Yu]（付梓中）[(in press)]。旅行的意義：美籍人士旅台經驗之研究 [The meaning of travel: A case study on travel experience of American in Taiwan]。旅遊學刊 [*Journal of Tourism*]。檢索自 [Retrieved from] http://tkuir.lib.tku.edu.tw:8080/dspace/hand le/987654321//1987/1987.05.16.pdf

範例 B：

Lei, Chen-Yu (in press). The meaning of travel: A case study on travel experience of American in Taiwan. *Journal of Tourism.* Retrieved from http://tkuir.lib.tku.edu.tw:8080/dspace/hand le/987654321//1987/1987.05.16.pdf (in Chinese)

> **◎補充說明：**
>
> 期刊出版社若未提供「預定發行之線上期刊文章」，且同意作者將已通過審查但未正式排版完成之期刊文章，自行上傳至「預印本典藏庫」即可使用本項格式。但使用者仍必須持續更新資訊，直至最後發行之版本。

5. 雜誌文章 [7.01.7; 7.01.8]

羅馬化範式：

作者 [Author, A. A.]（xxxx 年 x 月）[(Year, Month)]。文章題名 [Title of article]。雜誌刊名，*xx*(x)，起訖頁碼 [*Title of Magazine, xx*(x), xxx-xxx]。doi:10.xxxx 或檢索自 [Retrieved from] http://xxxxxxxxx

範例 A：

王聰威 [Wang, Tsung-Wei]（2013 年 1 月）[(2013, January)]。最久的一份工作 [Zui jiu de yi fen gongzuo]。聯合文學，*339* [*Unitas, 339*]。檢索自 [Retrieved from] http://tw.magv.com/privew3.aspx?MUID=336553

焦元溥 [Chiao, Yuan-Pu]（2013 年 2 月）[(2013, February)]。張愛玲點唱機 [Eileen Chang dianchangji]。*PAR* 表演藝術，*242*，41 [*Performing Arts Reviews, 242*, 41]。

範例 B：

Wang, Tsung-Wei (2013, January). Zui jiu de yi fen gongzuo. *Unitas, 339*. Retrieved from http://tw.magv.com/privew3.aspx?MUID=336553 (in Chinese)

Chiao, Yuan-Pu (2013, February). Eileen Chang dianchangji. *Performing Arts Reviews, 242*, 41. (in Chinese)

6. 報紙文章 [7.01.10; 7.01.11]

羅馬化範式：

記者或作者 [Author, A. A.]（xxxx 年 x 月 x 日）[(Year, Month Date)]。文章名稱 [Title of article]。報紙名稱，版次 [*Title of Newspaper*, pp. xx-xx]。檢索自 [Retrieved from] http://xxxxxxxxx

範例 A：

李偉文 [Li, Wei-Wen]（2013 年 9 月 8 日）[(2013, September 8)]。幸福的條件 [Xingfu de tiaojian]。聯合報，P12 版 [*United Daily News*, p. P12]。

李怡芸 [Li, I-Yun]（2013 年 6 月 26 日）[(2013, June 26)]。出版談判應對等 [Chuban tanpan ying duideng]。旺報 [*Want Daily*]。檢索自 [Retrieved from] http://www.chinatimes.com/

範例 B：

Li, Wei-Wen (2013, September 8). Xingfu de tiaojian. *United Daily News*, p. P12. (in Chinese)

Li, I-Yun (2013, June 26). Chuban tanpan ying duideng. *Want Daily*. Retrieved from http://www.chinatimes.com/ (in Chinese)

> ◎補充說明：
>
> 若取自網路的報紙文章僅需寫出官網首頁網址，為避免連結失效，不必列出該文章之詳細網址。

7. 引用期刊之特刊或專欄 [7.01.12]

羅馬化範式：

當期編者（編）[Editor, A. A. (Ed.).]（年代）。當期主題〔特刊／專欄〕[Title of special issue/section [Special issue/section]]。期刊刊名，*xx*(x)，起訖頁碼 [*Title of Journal, xx*(x), xxx-xxx]。doi:10.xxxx 或檢索自 [Retrieved from] http://xxxxxxxxx

範例 A：

傅祖壇、張靜貞（編）[Fu, Tsu-Tan, & Chang, Ching-Cheng (Eds.).]（2012）。2012 生產力與效率〔特刊〕[2012 special issue on productivity and efficiency research [Special issue]]。應用經濟論叢，*41* [*Taiwan Journal of Applied Economics, 41*]。檢索自 [Retrieved from] http://nchuae.nchu.edu.tw/tc/modules/articles/article.php?id=51

林茉莉（編）[Lin, Mo-Ni (Ed.).]（2013）。去中國留學：旅中台生的學習環境與學習態度相關之研究〔專欄〕[Gu China liuxue: Luzhong taisheng de xuexi huanjing yu xuexi taidu [Special section]]。多元文化與教育，*78*(4)，78-84 [*Multiculturalism and Education, 78*(4), 78-84]。doi:10.1983/mtae.2013.78.4

範例 B：

Fu, Tsu-Tan, & Chang, Ching-Cheng (Eds.). (2012). 2012 special issue on productivity and efficiency research [Special issue]. *Taiwan Journal of Applied Economics, 41*. Retrieved from http://nchuae.nchu.edu.tw/tc/modules/articles/article.php?id=51 (in Chinese)

Lin, Mo-Ni (Ed.). (2013). Gu China liuxue: Luzhong taisheng de xuexi huanjing yu xuexi taidu [Special section]. *Multiculturalism and Education, 78*(4), 78-84. doi:10.1983/mtae.2013.78.4 (in Chinese)

（二）圖書、參考書、圖書章節（Books, Reference Books, and Book Chapters）

1. 特定版本／版次 [7.02]

羅馬化範式：

作者 [Author, A. A.]（年代）。書名（版本／版次）[*Title of the book* (xx ed.)]。出版地：出版者 [Location: Publisher]。

範例 A：

謝冰瑩、應裕康、邱燮友、黃俊郎、左松超、傅武光、…黃志民 [Hsieh, Ping-Ying, Ying, Yu-Kang, Chiu Hsieh-Yu, Huang, Jiun-Lang, Tso, Sung-Chao, Fu, Wu-Kuang, ...Huang, Chih-Min]（2012）。新譯古文觀止（增訂五版）[*Xinyi guwen guanzhi* (Rev. 5th ed.)]。台北市：三民 [Taipei: San Min]。

範例 B：

Hsieh, Ping-Ying, Ying, Yu-Kang, Chiu Hsieh-Yu, Huang, Jiun-Lang, Tso, Sung-Chao, Fu, Wu-Kuang, ...Huang, Chih-Min (2012). *Xinyi guwen guanzhi* (Rev. 5th ed.). Taipei: San Min. (in Chinese)

◎補充說明：

書籍資訊若需註明可計量之卷冊數、期數、號數等，均以阿拉伯數字表示，惟版次以國字數字表示。版本／版次呈現方式，如下所示：二版（2nd ed.）；三版（3rd ed.）；四版（4th ed.）；五版（5th ed.）；修訂／增訂版（Rev. ed.），以此類推。

---

2. 紙本圖書 [7.02.18]

羅馬化範式：

作者 [Author, A. A.]（年代）。書名 [*Title of the book*]。出版地：出版者 [Location: Publisher]。

範例 A：

邱炯友 [Chiu, Jeong-Yeou]（2006）。學術傳播與期刊出版 [*Scholarly communication and journal publishing*]。台北市：遠流 [Taipei: Yuan-Liou]。

範例 B：

Chiu, Jeong-Yeou (2006). *Scholarly communication and journal publishing*. Taipei: Yuan-Liou. (in Chinese)

3. 紙本圖書之電子版 [7.02.19]

羅馬化範式：

作者 [Author, A. A.]（年代）。書名〔閱讀載具版〕[*Title of the book* [E-reader version]]。出版地：出版者 [Location: Publisher]。doi:10.xxxx 或檢索自 [Retrieved from] http://xxxxxxxxx

範例 A：

陳穎青 [Chen, Ying-Ching]（2010）。老貓學數位〔iPad 版〕[*Laomao xue shuwei* [iPad version]]。台北市：貓頭鷹 [Taipei: Owl Publishing House]。檢索自 [Retrieved from] http://www.cite.com.tw/ereadingnow_book_detail?products_id=17127

範例 B：

Chen, Ying-Ching (2010). *Laomao xue shuwei* [iPad version]. Taipei: Owl Publishing House. Retrieved from http://www.cite.com.tw/ereadingnow_book_detail?products_id=17127 (in Chinese)

4. 僅有電子版本之圖書 [7.02.20]

羅馬化範式：

作者 [Author, A. A.]（年代）。書名 [*Title of the book*]。doi:10.xxxx 或檢索自 [Retrieved from] http://xxxxxxxxx

範例 A：

雷振宇 [Lei, Chen-Yu]（無日期）[(n.d.)]。旅行的意義 [*The meaning of travel*]。doi:10.1658/1986.05.16

範例 B：

Lei, Chen-Yu (n.d.). *The meaning of travel*. doi:10.1658/1986.05.16 (in Chinese)

5. 翻譯作品 [7.02.26]

i. 中文翻譯作品，原作者有中譯姓名

羅馬化範式：

原作者中譯姓氏（Author, A. A.）（譯本出版年代）。翻譯書名（譯者譯）[Title of the book (B. B. Translator, Trans.)]。譯本出版地：譯本出版者 [Location: Publisher]。doi:10.xxxx 或檢索自 [Retrieved from] http://xxxxxxxxx（原著出版於 xxxx 年）[(Original work published Year)]

範例 A：

科貝特（Corbett, T.）（2013）。有效產出會計（許家禔譯）
[*Throughput accounting* (Jadis Hsu, Trans.)]。台北市：社團法人中
華高德拉特協會 [Taipei: Chinese Goldratt Alliance]。（原著出版於
1998 年）[(Original work published 1998)]

範例 B：

Corbett, T. (2013). *Throughput accounting* (Jadis Hsu, Trans.).
Taipei: Chinese Goldratt Alliance. (Original work published
1998) (in Chinese)

ii. 中文翻譯作品，原作者無中譯姓名

羅馬化範式：

Author, A. A. (譯本出版年)。翻譯書名（譯者譯）[*Title of the
book* (B. B. Translator, Trans.)]。譯本出版地：譯本出版者
[Location: Publisher]。doi:10.xxxx 或檢索自 [Retrieved from]
http://xxxxxxxxx（原著出版於 xxxx 年）[(Original work
published Year)]

範例 A：

Stevenson, W. J. (2013)。作業管理（十一版；何應欽譯）[*Operations
management* (11th ed.; Ying-Chin Ho, Trans.)]。台北市：華泰文化
[Taipei: Hwatai]。（原著出版於 2011 年）[(Original work published
2011)]

範例 B：

Stevenson, W. J. (2013). *Operations management* (11th ed.; Ying-Chin Ho, Trans.). Taipei: Hwatai. (Original work published 2011) (in Chinese)

> ◎補充說明：
>
> APA 第六版未明確規定書籍版本／版次與翻譯者擺放位置應如何著錄，但根據 APA 官方部落格中針對本項回應，可看出版本／版次應列於翻譯者之前，兩者之間以分號區隔。詳細規範請參考以下網址：http://blog.apastyle.org/apastyle/2012/03/citing-an-edition-of-a-book-in-apa-style.html

6. 多卷叢書之特定卷冊 [7.02.23]

羅馬化範式：

作者 [Author, A. A.]（起訖年代）。書名（第 x-x 卷／冊）[*Title of the book* (Vols. x-x)]。出版地：出版者 [Location: Publisher]。doi:10.xxxx 或檢索自 [Retrieved from] http://xxxxxxxxx

範例 A：

鄭樹森（編）[Cheng, Shu-Sen (Ed.).]（1999）。世界文學大師選（第 5-9 冊）[*Shijie wenxue dashi xuan* (Vols. 5-9)]。台北市：洪範 [Taipei: Hung Fan]。

章瑜崙（編）[Chang, Yu-Lun (Ed.).]（2009-2013）。歐洲童話故事集（上、中、下冊）[*Ouzhou tonghuagushi ji* (Vols. I-III)]。台北市：夢樂文化 [Taipei: Meng-Jiang Press]。

範例 B：

Cheng, Shu-Sen (Ed.). (1999). *Shijie wenxue dashi xuan* (Vols. 5-9). Taipei: Hung Fan. (in Chinese)

Chang, Yu-Lun (Ed.). (2009-2013). *Ouzhou tonghuagushi ji* (Vols. I-III). Taipei: Meng-Jiang Press. (in Chinese)

◎補充說明：

引用多卷叢書中的特定卷冊者，不須將整套叢書卷冊範圍全數列出，僅列出所引之卷冊數即可。

書籍資訊若需註明可計量之卷冊數、期數、號數等，均以阿拉伯數字表示，惟版次以國字數字表示。若是以上、中、下或甲、乙、丙等先後順序者，直接照錄之並在羅馬化轉換時，以大寫羅馬數字表示。

---

7. 叢書中單本著作之章節 [7.02.24]

羅馬化範式：

作者 [Author, A. A.]（年代）。章節題名 [Title of chapter]。在編者（編），叢書名：第 *xx* 卷／冊。卷／冊名（頁 xx-xx）[In B. B. Editor (Ed.), *Series Title: Vol. xx. Volume title* (pp. xx-xx)]。出版地：出版者 [Location: Publisher]。doi:10.xxxx 或檢索自 [Retrieved from] http://xxxxxxxxx

範例 A：

馬春花 [Ma, Chun-Hua]（2012）。發明張愛玲、重寫文學史與後革命中國 [Faming Eileen Chang, chongxie wenxueshi yu hougeming China]。在林幸謙（主編），聯經評論。張愛玲：傳奇・性別・系譜（頁 145-175）[In Hsing-Chien Lin (Ed.), *Linking Pinglun. Eileen Chang: Chuanqi, xingbie, xipu* (pp. 145-175)]。台北市：聯經 [Taipei: Linking Publishing]。

劉仲康 [Liu, Chung-Kang]（2011）。趕流行的流行性感冒 [Ganliuxing de liuxingxing ganmao]。在羅時成（主編），商務科普館：第 5 冊。流感病毒，變變變（頁 20-29）[In Shih-Cheng Lo (Ed.), *Shangwu kepuguan: Vol. 5. Liugan bingdu, bian bian bian* (pp. 20-29)]。台北市：臺灣商務印書館 [Taipei: Commercial Press]。

範例 B：

Ma, Chun-Hua (2012). Faming Eileen Chang, chongxie wenxueshi yu hougeming China. In Hsing-Chien Lin (Ed.), *Linking Pinglun. Eileen Chang: Chuanqi, xingbie, xipu* (pp. 145-175). Taipei: Linking Publishing. (in Chinese)

Liu, Chung-Kang (2011). Ganliuxing de liuxingxing ganmao. In Shih-Cheng Lo (Ed.), *Shangwu kepuguan: Vol. 5. Liugan bingdu, bian bian bian* (pp. 20-29). Taipei: Commercial Press. (in Chinese)

◎補充說明：

書籍資訊若需註明可計量之卷冊數、期數、號數等，均以阿拉伯數字表示，惟版次以國字數字表示。若是以上、中、下或甲、乙、丙等先後順序者，直接照錄之並在羅馬化轉換時，以大寫羅馬數字表示。

8. 書中之章節 [7.02.25]

羅馬化範式：

作者 [Author, A. A.]（年代）。章節題名 [Title of chapter]。在編者（編），書名（頁 xx-xx）[In B. B. Editor (Ed.), *Title of book* (pp. xx-xx)]。出版地：出版者 [Location: Publisher]。

範例 A：

蕭雄淋 [Hsiao, Hsiung-Lin]（2013）。著作權的基本概念 [Zhuzuoquan de jiben gainian]。在電子書授權契約就該這樣簽：電子書兩岸 授權契約範本與注意事項手冊（頁 1-17）[In *Dianzishu shouquan qiyue jiugai zheyang qian: Dianzishu liangan shouquan qiyue fanben yu zhuyishixiang shouce* (pp. 1-17)]。台北市：城邦文化 [Taipei: Cite Publishing]。

範例 B：

Hsiao, Hsiung-Lin (2013). Zhuzuoquan de jiben gainian. In *Dianzishu shouquan qiyue jiugai zheyang qian: Dianzishu liangan shouquan qiyue fanben yu zhuyishixiang shouce* (pp. 1-17). Taipei: Cite Publishing. (in Chinese)

9. 參考工具書 [7.02.27]

羅馬化範式：

作者 [Author, A. A.]（年代）。參考工具書名 [*Title of the reference book*]。出版地：出版者 [Location: Publisher]。

範例 A：

胡述兆（主編）[Hu, Shu-Chao (Ed.).]（1995）。圖書館學與資訊科學 大辭典（上冊）[*Encyclopedic dictionary of library and information science* (Vol. I)]。台北市：漢美 [Taipei: Hanmei]。

太陽國際出版社編輯委員會（主編）[Taiyang guoji chubanshe bianji weiyuanhui (Ed.).]（1987）。中國文寶（第 1 冊）[*Zhongguo wenbao* (Vol. 1)]。台北市：太陽國際 [Taipei: Taiyang Guoji]。

範例 B：

Hu, Shu-Chao (Ed.). (1995). *Encyclopedic dictionary of library and information science* (Vol. I). Taipei: Hanmei. (in Chinese)

Taiyang guoji chubanshe bianji weiyuanhui (Ed.). (1987). *Zhongguo wenbao* (Vol. 1). Taipei: Taiyang Guoji. (in Chinese)

10. 參考工具書中有作者署名之詞條 [7.02.29]

羅馬化範式：

作者 [Author, A. A.]（年代）。詞條名 [Title of entry]。在編者（編），參考工具書名（第 xx 卷／冊，頁 xx-xx）[In B. B. Editor (Ed.), *Title of the reference book* (Vol. x, pp. xx-xx)]。出版地：出版者 [Location: Publisher]。檢索自 [Retrieved from] http://xxxxxxxxx

範例 A：

陳雅文 [Chen, Ya-Wen]（1995）。疊慧法 [Delphi method]。在胡述兆（主編），圖書館學與資訊科學大辭典（下冊，頁 2481）[In Shu-Chao Hu (Ed.), *Encyclopedic dictionary of library and information science* (Vol. III, p. 2481)]。台北市：漢美 [Taipei: Hanmei]。

範例 B：

Chen, Ya-Wen (1995). Delphi method. In Shu-Chao Hu (Ed.), *Encyclopedic dictionary of library and information science* (Vol. III, p. 2481). Taipei: Hanmei. (in Chinese)

◎補充說明：

書籍資訊若需註明可計量之卷冊數、期數、號數等，均以阿拉伯數字表示，惟版次以國字數字表示。若是以上、中、下或甲、乙、丙等先後順序者，直接照錄之並在羅馬化轉換時，以大寫羅馬數字表示。

---

11. 參考工具書中無作者署名之詞條 [7.02.30]

羅馬化範式：

詞條名 [Title of entry]（年代）。在編者（編），參考工具書
名（第 xx 卷／冊，頁 xx-xx）[In A. A. Editor (Ed.), *Title
of the reference book* (Vol. xx, pp. xx-xx)]。出版地：出版
者 [Location: Publisher]。檢索自 [Retrieved from] http://
xxxxxxxxx

範例 A：

海峽交流基金會成立 [Straits Exchange Foundation chengli]（2000）。在
戴月芳、羅吉甫（主編），台灣全記錄（再版，頁 894）[In Yueh-
Fang Tai & Chi-Fu Lo (Eds.), *Taiwan quanjilu* (2nd ed., p. 894)]。台
北市：錦繡文化 [Taipei: Jinxiu]。

範例 B：

Straits Exchange Foundation chengli. (2000). In Yueh-Fang Tai &
Chi-Fu Lo (Eds.), *Taiwan quanjilu* (2nd ed., p. 894). Taipei:
Jinxiu. (in Chinese)

◎補充說明：

書籍資訊若需註明可計量之卷冊數、期數、號數等，均以阿拉伯數字表
示，惟版次以國字數字表示。若是以上、中、下或甲、乙、丙等先後順
序者，直接照錄之並在羅馬化轉換時，以大寫羅馬數字表示。

（三）技術報告和研究報告（Technical and Research Reports）[7.03]

羅馬化範式：

作者 [Author, A. A.]（年代）。報告名稱（報告編號）[*Title of report* (Report No. xxx)]。出版地：出版者 [Location: Publisher]。檢索自機構名網站 [Retrieved from Agency name website]：http://xxxxxxxxx

範例 A：

鄧華真 [Teng, Hwa-Cheng]（2012）。日本與台灣病媒蚊及病媒蚊傳播之病原基因關係（DOH 101-DC-2036）[*Japan yu Taiwan bingmeiwen ji bingmeiwen chuanbo zhi bingyuanjiyin guanxi* (DOH 101-DC-2036)]。台北市：疾病管制局研究檢驗中心 [Taipei: Research and Diagnostic Center, Department of Disease Control, Ministry of Health and Welfare]。檢索自衛生福利部疾病管制署網站 [Retrieved from Department of Disease Control, Ministry of Health and Welfare website]：http://www.cdc.gov.tw/uploads/files/1330770e-49ec-47bd-b8f0-aa538f1cfd92.pdf

唐牧群 [Tang, Muh-Chyun]（2012）。應用社會網絡分析於 *aNobii* 網路社群使用者之偏好研究（NSC 100-2410-H-002-137）[*A study of aNobii users' reading preference using social network analysis techniques* (NSC 100-2410-H-002-137)]。台北市：國立臺灣大學圖書資訊學系暨研究所 [Taipei: Department of Library and Information Science, National Taiwan University]。檢索自行政院國家科學委員會網站 [Retrieved from National Science Council website]：http://statistics.most.gov.tw/was2/award/AsAwardMultiQuery.aspx

範例 B：

Teng, Hwa-Cheng (2012). *Japan yu Taiwan bingmeiwen ji bingmeiwen chuanbo zhi bingyuanjiyin guanxi* (DOH 101-DC-

2036). Taipei: Research and Diagnostic Center, Department of Disease Control, Ministry of Health and Welfare. Retrieved from Department of Disease Control, Ministry of Health and Welfare website: http://www.cdc.gov.tw/uploads/files/1330770e-49ec-47bd-b8f0-aa538f1cfd92.pdf (in Chinese)

Tang, Muh-Chyun (2012). *A study of aNobii users' reading preference using social network analysis techniques* (NSC 100-2410-H-002-137). Taipei: Department of Library and Information Science, National Taiwan University. Retrieved from National Science Council website: http://statistics.most.gov.tw/was2/award/AsAwardMultiQuery.aspx (in Chinese)

（四）會議和專題研討會（**Meetings and Symposia**）

1. 投稿至專題研討會的論文（Symposium contribution）[7.04.36]

羅馬化範式：

作者 [Author, A. A.]（xxxx 年 x 月）[(Year, Month)]。文章題名 [Title of paper]。在會議主持人（主持），會議名稱 [In B. B. Chairperson (Chair), *Title of symposium*]。主辦單位主辦，舉行地點 [Symposium conducted at the meeting of the Organization Name, Location]。

範例 A：

林騏華 [Lin, Chi-Hua]（2012 年 7 月）[(2012, July)]。飛機選型現狀及發展方向 [Feiji xuanxing xianzhuang ji fazhan fangxiang]。在郭綠瑩（主持），*2012 年第十一屆航空系統應用研討會* [In Lu-Ying Kuo (Chair), *The 11th symposium on the aviation system, 2012*]。華夏飛機工程學會主辦，新北市 [Symposium conducted at the meeting of the Huaxia Association of Aircraft Engineering, New Taipei City, Taiwan]。

範例 B：

Lin, Chi-Hua (2012, July). Feiji xuanxing xianzhuang ji fazhan fangxiang. In Lu-Ying Kuo (Chair), *The 11th symposium on the aviation system, 2012*. Symposium conducted at the meeting of the Huaxia Association of Aircraft Engineering, New Taipei City, Taiwan. (in Chinese)

2. 在會議中發表的論文或海報（Conference paper/ poster）[7.04.37]

羅馬化範式：

發表者 [Presenter, A. A.]（xxxx 年 x 月）[(Year, Month)]。論文／ 海報名稱 [*Title of paper/poster*]。研討會名稱發表之論文／ 張貼之海報，舉行地點 [Paper/Poster session presented at the meeting of Organization Name, Location]。doi:10.xxxx 或檢索 自 [Retrieved from] http://xxxxxxxxx

範例 A：

吳卓翰、郭嘉真、吳金典 [Wu, Cho-Han, Kuo, Chia-Chen, & Wu, Chin-Tien]（2012 年 10 月）[(2012, October)]。海浪模擬 [*Hailang moni*]。2012 NCHC HPC 研討會張貼之海報，新竹市 [Poster session presented at the 2012 NCHC HPC Conference, Hsinchu, Taiwan]。

範例 B：

Wu, Cho-Han, Kuo, Chia-Chen, & Wu, Chin-Tien (2012, October). *Hailang moni*. Poster session presented at the 2012 NCHC HPC Conference, Hsinchu, Taiwan. (in Chinese)

3. 定期出版的線上會議論文集 [7.04.38]

羅馬化範式：

作者 [Author, A. A.]（年代）。文章題名 [Title of paper]。論文集
名稱，*xx*(x)，起訖頁碼 [*Title of Proceeding, xx*(x), xxx-xxx*]。
doi:10.xxxx 或檢索自 [Retrieved from] http://xxxxxxxxx

範例 A：

林先渝 [Lin, Shiang-Yu]（2012）。韓語漢字語的譜系與領域別分
佈 [Linguistic origin and pedigree of Korean-Chinese characters
and their distribution in different areas]。中韓文化關係國際
學術會議論文集，*21*，30-44 [*China Korea Wenhua Guanxi
Guoji Xueshuhuiyi Lunwenji, 21*, 30-44]。檢索自 [Retrieved
from] http://60.199.250.202/Publication/alDetailedMesh?DocID
=P20130308002-201212-201303080020-201303080020-30-44

範例 B：

Lin, Shiang-Yu (2012). Linguistic origin and pedigree of
Korean-Chinese characters and their distribution in
different areas. *China Korea Wenhua Guanxi Guoji
Xueshuhuiyi Lunwenji, 21*, 30-44. Retrieved from
http://60.199.250.202/Publication/alDetailedMesh?DocID
=P20130308002-201212-201303080020-201303080020-30-44
(in Chinese)

4. 以書籍形式出版的會議／研討會論文集 [7.04.39]

羅馬化範式：

作者 [Author, A. A.]（年代）。文章題名 [Title of paper]。在編者（編），論文集名稱（頁 xx-xx）[In B. B. Editor (Ed.), *Title of Published Proceedings* (pp. xx-xx)]。出版地：出版者 [Location: Publisher]。doi:10.xxxx 或檢索自 [Retrieved from] http://xxxxxxxxx

範例 A：

蘇精 [Su, Jing]（2000）。書評的雙重角色與衍生的現象 [Shuping de shuangchong jiaose yu yansheng de xianxiang]。在淡江大學教育資料科學學系編著，出版與圖書館學術研討會論文暨實錄（頁 151-159）[In Department of Educational Media Science, Tamkang University (Ed.), *Chuban yu Tushuguan Xueshu Yantaohui Lunwen ji Shilu* (pp.151-159)]。台北市：文華 [Taipei: Mandarin Library & Information Services]。

範例 B：

Su, Jing (2000). Shuping de shuangchong jiaose yu yansheng de xianxiang. In In Department of Educational Media Science, Tamkang University (Ed.), *Chuban yu Tushuguan Xueshu Yantaohui Lunwen ji Shilu* (pp.151-159). Taipei: Mandarin Library & Information Services. (in Chinese)

（五）博碩士論文（**Doctoral Dissertations and Master's Theses**）

1. 未出版之博碩士論文 [7.05]

羅馬化範式：

作者 [Author, A. A.]（年代）。論文名稱（未出版之博／碩士論文）[*Title of doctoral dissertation/master's thesis* (Unpublished doctoral dissertation/master's thesis)]。機構名稱，機構所在地 [Name of Institution, Location]。

範例 A：

黃文彥 [Huang, Wen-Yan]（2009）。開放式期刊典藏系統設計與實作：以教育資料與圖書館學為例（未出版之碩士論文）[*Design and implementation of open journal archive system: A case study of Journal of Education Media & Library Sciences* (Unpublished master's thesis)]。淡江大學，台北縣 [Tamkang University, Taipei]。

範例 B：

Huang, Wen-Yan (2009). *Design and implementation of open journal archive system: A case study of Journal of Education Media & Library Sciences* (Unpublished master's thesis). Tamkang University, Taipei. (in Chinese)

2. 從商業資料庫取得之博碩士論文 [7.05.40]

羅馬化範式：

作者 [Author, A. A.]（年代）。論文名稱（博／碩士論文）[*Title of doctoral dissertation or master's thesis* (Doctoral dissertation/Master's thesis)]。取自資料庫名稱 [Available from Name of database]。（系統編號）[(Accession/Order No. xxxxxx)]

範例 A：

陳淑貞 [Chen, Shu-Jen]（2011）。圖書資訊學領域 *Open Access* 期刊分析研究（碩士論文）[*A study of Open Access journals in library and information science field* (Master's thesis)]。取自華藝線上圖書館 [Available from Airiti Library]。

範例 B：

Chen, Shu-Jen (2011). *A study of open access journals in library and information science field* (Master's thesis). Available from Airiti Library. (in Chinese)

3. 從機構資料庫取得之博碩士論文 [7.05.41]

羅馬化範式：

作者 [Author, A. A.]（年代）。論文名稱（博／碩士論文）[*Title of doctoral dissertation or master's thesis* (Doctoral dissertation/ Master's thesis)]。檢索自 [Retrieved from] http://xxxxxxxxx

範例 A：

陳俊偉 [Chen, Jyun-Wei]（2011）。政府電子書營運合作問題研究（碩士論文）[*A study on the problems of cooperation with business for government e-book* (Master's thesis)]。檢索自 [Retrieved from] http://etds.lib.tku.edu.tw/main/index

範例 B：

Chen, Jyun-Wei (2011). *A study on the problems of cooperation with business for government e-book* (Master's thesis). Retrieved from http://etds.lib.tku.edu.tw/main/index (in Chinese)

◎補充說明：

若取自授予學位機構資料庫之博碩士論文者，僅需寫出機構資料庫首頁網址，不必列出該文章之詳細網址。

4. 從網路取得之博碩士論文 [7.05.42]

羅馬化範式：

作者 [Author, A. A.]（年代）。論文名稱（博／碩士論文，機構名稱）[*Title of doctoral dissertation or master's thesis* (Doctoral dissertation/Master's thesis, Name of Institution)]。檢索自 [Retrieved from] http://xxxxxxxxx

範例 A：

沈美如 [Shen, Mei-Ju]（2002）。公共圖書館讀者資訊素養之研究：以臺南市公共圖書館為例（碩士論文，國立中興大學）[*A study on information literacy for public library readers: A case of the public libraries in Tainan city* (Master's thesis, National Chung Hsing University)]。檢索自 [Retrieved from] http://catalog.digitalarchives.tw/item/00/31/28/4b.html

範例 B：

Shen, Mei-Ju (2002). *A study on information literacy for public library readers: A case of the public libraries in Tainan city* (Master's thesis, National Chung Hsing University). Retrieved from http://catalog.digitalarchives.tw/item/00/31/28/4b.html (in Chinese)

（六）網路相關資源 (Websites and Other Online Communities)

1. 一般網頁

羅馬化範式：

作者 [Author, A. A.]（年代）。網頁題名 [Title of webpage]。檢索自 [Retrieved from] http://xxxxxxxxx

範例 A：

陳琡分 [Chen, Chu-Fen]（2013）。俯瞰島嶼 20 年——齊柏林《鳥目台灣》[Fukan daoyu 20 nian: Po-Lin Chi *Taiwan from the air 2013*]。檢索自 [Retrieved from] http://okapi.books.com.tw/index.php/p3/p3_detail/sn/2380

範例 B：

Chen, Chu-Fen (2013). Fukan daoyu 20 nian: Po-Lin Chi *Taiwan from the air 2013*. Retrieved from http://okapi.books.com.tw/index.php/p3/p3_detail/sn/2380 (in Chinese)

2. 部落格發表的文章或張貼的影片 [7.11.76; 7.11.77]

羅馬化範式：

作者 [Author, A. A.]（xxxx 年 x 月 x 日）[(Year, Month Day)]。文章／影片名稱〔類型描述〕[Title of post [Description of form]]。檢索自 [Retrieved from] http://xxxxxxxxx

範例 A：

陳穎青 [Chen, Ying-Ching]（2010 年 2 月 2 日）[(2010, February 2)]。
只見電子不見書〔部落格文章〕[Zhi jian dianzi bu jian shu [Web
log post]]。檢索自 [Retrieved from] http://www.contnt.net/2010/02/
ebook-and-ereader.html

範例 B：

Chen, Ying-Ching (2010, February 2). Zhi jian dianzi bu jian shu
[Web log post]. Retrieved from http://www.contnt.net/2010/02/
ebook-and-ereader.htm (in Chinese)

◎補充說明：

類型描述 [Description of form] 中英對照如下所示：

部落格評論 [Web log comment]；部落格文章 [Web log post]；部落格
影音 [Video file]；網路群組、線上論壇、討論群組張貼之訊息 [Online
forum comment]

第六章

Chicago (Turabian) 格式
註釋 *(note)* 羅馬化規範

說明：本範例之部分英文例句取自 Kate L. Turabian, *A Manual for Writers of Term Papers, Theses, and Dissertations*, 8th ed. (Chicago: University of Chicago Press, 2013) 及 University of Chicago Press, *The Chicago Manual of Style*, 16th ed. (Chicago: University of Chicago Press, 2010)。範例若有不足之處，請逕參閱該二書。

一、不同資料類型之範式

（一）圖書（**Books**）

1. 作者為一人 [17.1.1]

羅馬化範式：

註釋號碼 . 作者 [Author's First name Middle name Last name]，書名 [*Title of the Book*]（出版地：出版者，出版年）[(Location: Publisher, Year)]，引用頁碼。

範例 A：

4. 邱炯友 [Jeong-Yeou Chiu]，學術傳播與期刊出版 [*Scholarly Communication and Journal Publishing*]（台北市：遠流，2006）[(Taipei: Yuan-Liou, 2006)]，244-46。

範例 B：

4. Jeong-Yeou Chiu, *Scholarly Communication and Journal Publishing* (Taipei: Yuan-Liou, 2006), 244-46. (in Chinese)

2. 作者為二人 [17.1.1]

羅馬化範式：

註釋號碼 . 作者一、作者二 [Author's First name Middle name Last name (first author) and Author's First name Middle name Last name (second author)]，書名 [*Title of the Book*]（出版地：出版者，出版年）[(Location: Publisher, Year)]，引用頁碼。

範例 A：

3. 蕭家捷、賴文智 [Chia-Chieh Hsiao and Wen-Chi Lai]，個人資料保護法 Q&A [*Personal Information Protection Act Q&A*]（台北市：元照，2013）[(Taipei: Angle Publishing, 2013)]，312-14。

範例 B：

3. Chia-Chieh Hsiao and Wen-Chi Lai, *Personal Information Protection Act Q&A* (Taipei: Angle Publishing, 2013), 312-14. (in Chinese)

3. 作者為三人 [17.1.1]

羅馬化範式：

註釋號碼 . 作者一、作者二、作者三 [Author's First name Middle name Last name (first author), Author's First name Middle name Last name (second author), and Author's First name Middle name Last name (third author)]，書名 [*Title of the Book*]（出版地：出版者，出版年）[(Location: Publisher, Year)]，引用頁碼。

範例 A：

5. 李少民、薛迪忠、吳壽山 [Shao-Min Li, Ti-Chung Hsueh, and Shou-Shan Wu]，關係與制度的博弈：進軍世界的挑戰與原則 [*When Relations Encounter Rules: The Challenge Globalization*]（新北市：前程文化，2011）[(New Taipei City, Taiwan: FCMC, 2011)]，161-70。

範例 B：

5. Shao-Min Li, Ti-Chung Hsueh, and Shou-Shan Wu, *When Relations Encounter Rules: The Challenge Globalization* (New Taipei City, Taiwan: FCMC, 2011), 161-70. (in Chinese)

4. 作者為四人以上 [17.1.1]（僅列出第一作者）

羅馬化範式：

註釋號碼 . 作者一等 [Author's First name Middle name Last name et al.]，書名 [*Title of the Book*]（出版地：出版者，出版年）[(Location: Publisher, Year)]，引用頁碼。

範例 A：

7. 左如梅等 [Ju-Mei Tso et al.]，護理行政學 [*Nursing Administration*]（台中市：華都文化，2002）[(Taichung, Taiwan: Farseeing Publishing Group, 2002)]，311-22。

範例 B：

7. Ju-Mei Tso et al., *Nursing Administration* (Taichung, Taiwan: Farseeing Publishing Group, 2002), 311-22. (in Chinese)

5. 編輯著作 [17.1.1.1; 17.1.1.2]

i. 有編者及著者

羅馬化範式：

註釋號碼 . 作者 [Author's First name Middle name Last name]，書名，編者編 [*Title of the Book*, ed. Editor's First name Middle name Last name]（出版地：出版者，出版年）[(Location: Publisher, Year)]，引用頁碼。

範例 A：

7. 谷林 [Gulin]，上水船乙集，止庵編 [*Shangshuichuan Yi Ji*, ed. Zhian]（北京：中華書局，2010）[(Beijing: Chung Hwa Book, 2010)]，16。

範例 B：

7. Gulin, *Shangshuichuan Yi Ji*, ed. Zhian (Beijing: Chung Hwa Book, 2010), 16. (in Chinese)

ii.僅有編者

羅馬化範式：

註釋號碼 . 編者編 [Editor's First name Middle name Last name, ed.]，書名 [*Title of the Book*]（出版地：出版者，出版年）[(Location: Publisher, Year)]，引用頁碼。

範例 A：

1. 夏學理、凌公山、陳媛編 [Hsueh-Li Hsia, Kung-Shan Ling, and Yuan Tseng Chen, eds.]，文化行政 [*Wenhua Xingzheng*]（台北市：五南文化，2012）[(Taipei: Wu-Nan, 2012)]，410-21。

範例 B：

1. Hsueh-Li Hsia, Kung-Shan Ling, and Yuan Tseng Chen, eds., *Wenhua Xingzheng* (Taipei: Wu-Nan, 2012), 410-21. (in Chinese)

6. 翻譯作品 [17.1.1.1; 17.1.1.2]

i. 中文翻譯作品，原作者有中譯姓名

羅馬化範式：

註釋號碼 . 原作者中譯姓名（Author's First name Middle name Last name），翻譯書名，譯者譯 [*Title of the Book*, trans. Translator's First name Middle name Last name]（譯本出版地：譯本出版者，譯本出版年）[(Location: Publisher, Year)]，引用頁碼。

範例 A：

2. 艾德蒙‧德瓦爾（Edmund de Waal），琥珀眼睛的兔子，黃煜文譯 [*The Hare with Amber Eyes: A Hidden Inheritance*, trans. Yu-Wen Huang]（新北市：漫步文化，2013）[(New Taipei City, Taiwan: Peripato Culture Studio, 2013)]，277-78。

範例 B：

2. Edmund de Waal, *The Hare with Amber Eyes: A Hidden Inheritance*, trans. Yu-Wen Huang (New Taipei City, Taiwan: Peripato Culture Studio, 2013), 277-78. (in Chinese)

ii. 中文翻譯作品，原作者無中譯姓名

羅馬化範式：

註釋號碼 . Author's First name Middle name Last name，翻譯書名，譯者譯 [*Title of the Book*, trans. Translator's First name Middle name Last name]（譯本出版地：譯本出版者，譯本出版年）[(Location: Publisher, Year)]，引用頁碼。

範例 A：

3. William J. Stevenson，作業管理，十一版，何應欽編譯 [*Operations Management*, 11th ed., ed. and trans. Ying-Chin Ho]（台北市：華泰文化，2013）[(Taipei: Hwatai, 2013)]，711-22。

範例 B：

3. William J. Stevenson, *Operations Management*, 11th ed., ed. and trans. Ying-Chin Ho (Taipei: Hwatai, 2013), 711-22. (in Chinese)

iii. 翻譯書籍封面僅出現譯者

羅馬化範式：

註釋號碼 . 譯者譯 [Translator's First name Middle name Last name, trans.]，翻譯書名 [*Title of the Book*]（譯本出版地：譯本出版者，譯本出版年）[(Location: Publisher, Year)]，引用頁碼。

範例 A：

36. 李佳儒譯 [Chia-Ju Li, trans.]，如何與作者溝通 [*How to Talk to Authors*]（苗栗縣：拉特文化，2013）[(Miaoli, Taiwan: Rat Culture, 2013)]，233-35。

範例 B：

36. Chia-Ju Li, trans., *How to Talk to Authors* (Miaoli, Taiwan: Rat Culture, 2013), 233-35. (in Chinese)

7. 作者為團體組織 [17.1.1.3]

羅馬化範式：

註釋號碼 . 團體名稱 [Name of Group Author]，書名 [*Title of the Book*]（出版地：出版者，出版年）[(Location: Publisher, Year)]，引用頁碼。

範例 A：

22. PCuSER 研究室 [PCuSER Press]，*Word*、*Excel*、*PowerPoint 強效精攻 500 招* [*Word, Excel, PowerPoint Qiangxiao Jinggong 500 Zhao*]（台北市：PCuSER 電腦人文化，2012）[(Taipei: PCuSER Press, 2012)]，130-33。

範例 B：

22. PCuSER Press, *Word, Excel, PowerPoint Qiangxiao Jinggong 500 Zhao* (Taipei: PCuSER Press, 2012), 130-33. (in Chinese)

> ◎補充說明：
>
> 引用時，作者一律列出全名，不可將作者名縮寫或簡稱。

8. 非英文題名之書籍 [17.1.2.3]

東方語系書名之範式：

註釋號碼 . 作者原文姓名，原始書名（出版地：出版者，出版年），引用頁碼。

範例 A：

8. 三浦しをん [Shiwon Miura]，舟を編む [*The Great Passage*]（東京：光文社，2011）[(Tokyo: Kobunsha, 2011)]，23-31。

範例 B：

8. Shiwon Miura, *The Great Passage* (Tokyo: Kobunsha, 2011), 23-31. (in Japanese)

9. 特定版本／版次 [17.1.3.1]

羅馬化範式：

註釋號碼 . 作者 [Author's First name Middle name Last name]，書名，版本／版次 [*Title of the Book*, xx ed.]（出版地：出版者，出版年）[(Location: Publisher, Year)]，引用頁碼。

範例 A：

11. 謝冰瑩等 [Ping-Ying Hsieh et al.]，新譯古文觀止，增訂五版 [*Xinyi Guwen Guanzhi*, rev. 5th ed.]（台北市：三民，2012）[(Taipei: San Min, 2012)]，984-87。

範例 B：

11. Ping-Ying Hsieh et al., *Xinyi Guwen Guanzhi*, rev. 5th ed. (Taipei: San Min, 2012), 984-87. (in Chinese)

◎補充說明：

Chicago (Turabian) 第八版手冊規範在 note 格式中，著錄四位或四位以上之文獻作者時，只需列出第一作者即可，詳細規範請參考原書 [17.1.1]

書籍資訊若需註明可計量之卷冊數、期數、號數等，均以阿拉伯數字表示，惟版次以國字數字表示。版本／版次呈現方式，如下所示：

二版（2nd ed.）；三版（3rd ed.）；四版（4th ed.）；五版（5th ed.）；修訂／增訂版（rev. ed.），以此類推。

---

10. 特定卷／冊 [17.1.4.1]

i. 有單獨的卷／冊名

羅馬化範式：

註釋號碼 . 作者 [Author's First name Middle name Last name]，書名，第 xx 卷／冊，卷／冊名 [*Title of the Book*, vol. xx, *Title of the Volume*]（出版地：出版者，出版年）[(Location: Publisher, Year)]，引用頁碼。

範例 A：

12. 醉琉璃 [Zuiliuli]，神使繪卷，第 1 卷，夜祭與山神歌謠 [*Shenshi Huijuan*, vol. 1, *Yeji yu Shanshen Geyao*]（台北市：魔豆文化，2013）[(Taipei: Modou Wenhua, 2013)]，20。

範例 B：

12. Zuiliuli, *Shenshi Huijuan*, vol. 1, *Yeji yu Shanshen Geyao* (Taipei: Modou Wenhua, 2013), 20. (in Chinese)

ii. 無單獨的卷／冊名

羅馬化範式：

註釋號碼 . 作者 [Author's First name Middle name Last name]，書名 [Title of the Book]（出版地：出版者，出版年）[(Location: Publisher, Year)]，卷／冊次：引用頁碼。

範例 A：

12. 黃易 [Yi Huang]，日月當空 [*Riyue Dangkong*]（台北市：時報文化，2013）[(Taipei: China Times, 2013)]，11：112。

範例 B：

12. Yi Huang, *Riyue Dangkong* (Taipei: China Times, 2013), 11:112. (in Chinese)

◎**補充說明：**

書籍資訊若需註明可計量之卷冊數、期數、號數等，均以阿拉伯數字表示，惟版次以國字數字表示。若是以上、中、下或甲、乙、丙等先後順序者，直接照錄之並在羅馬化轉換時，以大寫羅馬數字表示。

---

11. 叢書中之單本著作 [17.1.5]

羅馬化範式：

註釋號碼. 作者 [Author's First name Middle name Last name]，書名，編者編 [*Title of the Book*, ed. Editor's First name Middle name Last name]，叢書名，叢書編者編，第 xx 卷／冊 [Title of the Series, ed. Series Editor's First name Middle name Last name, vol. xx]（出版地：出版者，出版年）[(Location: Publisher, Year)]，引用頁碼。

範例 A：

33. 王小林 [Xiaolin Wang]，從漢才到和魂：日本國學思想的形成與發展 [*Cong Hancai dao Hehun: Japan Guoxue Sixiang de Xingcheng yu Fazhan*]，聯經學術 [Linking Xueshu]（台北市：聯經，2013）[(Taipei: Linking Publishing, 2013)]，211-22。

34. 肖水 [Xiaoshui]，中文課：肖水詩集 [*Zhongwen Ke: Xiaoshui Shiji*]，鼓吹詩人叢書 19 [Guchui Shiren Congshu 19]（台北市：釀出版，2013）[(Taipei: Niang Chuban, 2013)]，188-89。

35. 許壽裳 [Shou-Shang Hsu]，許壽裳日記 [*Shou-Shang Hsu Riji*]，臺灣文學與文化研究叢書 - 文獻篇，北岡正子、陳漱渝、秦賢次、黃英哲主編，第 1 冊 [Taiwan Wenxue yu Wenhua Yanjiu Congshu: Wenxian Pian, ed. Kitaoka Masako, Shu-Yu Chen, Hsien-Tzu Chin, and Ying Che Huang, vol. 1]（台北市：國立臺灣大學出版中心，2010）[(Taiwan, National Taiwan University Press, 2010)]，30-31。

範例 B：

33. Xiaolin Wang, *Cong Hancai dao Hehun: Japan Guoxue Sixiang de Xingcheng yu Fazhan*, Linking Xueshu (Taipei: Linking Publishing, 2013), 211-22. (in Chinese)

34. Xiaoshui, *Zhongwen Ke: Xiaoshui Shiji*, Guchui Shiren Congshu 19 (Taipei: Niang Chuban, 2013), 188-89. (in Chinese)

35. Shou-Shang Hsu, *Shou-Shang Hsu Riji*, Taiwan Wenxue yu Wenhua Yanjiu Congshu: Wenxian Pian, ed. Kitaoka Masako, Shu-Yu Chen, Hsien-Tzu Chin, and Ying Che Huang, vol. 1 (Taiwan, National Taiwan University Press, 2010), 30-31. (in Chinese)

◎補充說明：

若有列出叢書編者，則叢書號必須以 vol. x 或第 x 卷／冊呈現。此外，書籍資訊若需註明可計量之卷冊數、期數、號數等，均以阿拉伯數字表示，惟版次以國字數字表示。若是以上、中、下或甲、乙、丙等先後順序者，直接照錄之並在羅馬化轉換時，以大寫羅馬數字表示。

---

12. 單一作者書籍之篇章 [17.1.8.1]

i. 單一作者書籍之篇章

羅馬化範式：

註釋號碼 . 作者 [Author's First name Middle name Last name]，「文章題名」["Title of the Article,"]，在書名 [in *Title of the Book*]（出版地：出版者，出版年）[(Location: Publisher, Year)]，引用頁碼。

範例 A：

5. 陳國賁 [Kwok-Bun Chan]，「移民企業的多種特徵」["Yimin Qiye de Duozhong Tezheng,"]，在華商：族裔資源與商業謀略 [in *Huashang: Zuyi Ziyuan yu Shangye Moulue*]（台北市：中華書局，2010）[(Taipei: Chung Hwa Book, 2010)]，3-5。

範例 B：

5. Kwok-Bun Chan, "Yimin Qiye de Duozhong Tezheng," in *Huashang: Zuyi Ziyuan yu Shangye Moulue* (Taipei: Chung Hwa Book, 2010), 3-5. (in Chinese)

ii. 單一作者書籍之序論、前言或後記

羅馬化範式：

註釋號碼 . 撰稿者 [Author's First name Middle name Last name]，書名之序論／前言／後記，書籍作者著 [introduction/ preface/foreword/afterword to *Title of the Book*, by Book Author's First name Middle name Last name]（出版地：出版者，出版年）[(Location: Publisher, Year)]，引用頁碼。

範例 A：

34. 邱品耘 [Pin-Yun Chiu]，倫敦流浪記之前言，邱大同著 [foreword to *Down and Out in London*, by Ta-Tung Chiu]（台北市：華中書局，2007）[(Taipei: Hua Zhong Bookstore, 2007)]，xiv-xv。

35. 吳若權 [Eric Wu]，溫柔，是最堅強的力量之自序 [preface to *Wenrou, shi zui Jianqiang de Liliang*]（台北市：高寶，2011）[(Taipei: Gobooks, 2011)]，10。

範例 B：

34. Pin-Yun Chiu, foreword to *Down and Out in London*, by Ta-Tung Chiu (Taipei: Hua Zhong Bookstore, 2007), xiv-xv. (in Chinese)

35. Eric Wu, preface to *Wenrou, shi zui Jianqiang de Liliang* (Taipei: Gobooks, 2011), 10. (in Chinese)

13. 編著文輯之單篇論文 [17.1.8.2]

羅馬化範式：

> 註釋號碼 . 作者 [Author's First name Middle name Last name]，「文章題名」["Title of the Part,"]，在書名，編者編 [in *Title of the Book*, ed. Editor's First name Middle name Last name]（出版地：出版者，出版年）[(Location: Publisher, Year)]，引用頁碼。

範例 A：

> 7. 賴文平 [Wen-Ping Lai]，「海峽兩岸智慧財產權保護合作協議與相關協議之比較」["Haixia Liangan Intellectual Property Rights Baohu Hezuo Xieyi yu Xiangguan Xieyi zhi Bijiao,"]，在兩岸知識產權發展研究：兩岸法學博士專家專論文集，張凱娜主編 [in *Liangan Zhishi Chanquan Fazhan Yanjiu: Liangan Faxue Boshi Zhuanjia Zhuanlunwenj*i, ed. Kai-Na Chang]（台北市：元照，2011）[(Taipei: Angle Publishing, 2011)]，17-26。

範例 B：

> 7. Wen-Ping Lai, "Haixia Liangan Intellectual Property Rights Baohu Hezuo Xieyi yu Xiangguan Xieyi zhi Bijiao," in *Liangan Zhishi Chanquan Fazhan Yanjiu: Liangan Faxue Boshi Zhuanjia Zhuanlunwenji*, ed. Kai-Na Chang (Taipei: Angle Publishing, 2011), 17-26. (in Chinese)

14. 以電子形式出版的書籍 [17.1.10]

羅馬化範式：

> 註釋號碼 . 作者 [Author's First name Middle name Last name]，書名 [*Title of the Book*]（出版地：出版者，出版年）[(Location: Publisher, Year)]，引用頁碼，電子書檔案格式

[E-book Format]。／檢索於 xxxx 年 xx 月 xx 日 [accessed Month Date, Year]，http://dx.doi.org/10.xxxx 或資料庫名稱 [accessed Month Date, Year, Database Name] 或 http://xxxxxxxxx。

範例 A：

4. 江秀雪 [Hsiu-Hsueh Chiang]，美國學校是這樣教孩子的 [*American Xuexiao shi Zheyang Jiao Haizi de*]（台北市：新苗文化，2012）[(Taipei: Shinmiao, 2012)]，18-23，檢索於 2013 年 6 月 18 日 [accessed June 18, 2013]，http://reading.udn.com/v2/bookDesc.do?id=39706。

5. 陳穎青 [Ying-Ching Chen]，老貓學數位 [*Laomao Xue Shuwei*]（台北市：貓頭鷹，2010）[(Taipei: Owl Publishing House, 2010)]，10-12，Adobe PDF eBook。

6. 雷振宇 [Chen-Yu Lei]，旅行的意義 [*The Meaning of Travel*]（台北市：花開文化，n. d.）[(Taipei: Bloom House, n.d.)]，133，檢索於 2013 年 6 月 18 日，Udn 數位閱讀館 [accessed June 18, 2013, Udn Shuwei Yuedu Guan]。

範例 B：

4. Hsiu-Hsueh Chiang, *American Xuexiao shi Zheyang Jiao Haizi de* (Taipei: Shinmiao, 2012), 18-23, accessed June 18, 2013, http://reading.udn.com/v2/bookDesc.do?id=39706. (in Chinese)

5. Ying-Ching Chen, *Laomao Xue Shuwei* (Taipei: Owl Publishing House, 2010), 10-12, Adobe PDF eBook. (in Chinese)

6. Chen-Yu Lei, *The Meaning of Travel* (Taipei: Bloom House, n.d.), 133, accessed June 18, 2013, Udn Shuwei Yuedu Guan. (in Chinese)

（二）期刊論文（**Journals**）

1. 連續編碼之期刊文章 [17.2.4.1]

羅馬化範式：

註釋號碼 . 作者 [Author's First name Middle name Last name]，「文章題名」["Title of Article,"]，期刊刊名，xx 期（xxxx 年 x 月／季）：引用頁碼 [*Title of Journal*, no. xx (Season/Month Year): xxx-xx]，檢索於 xxxx 年 xx 月 xx 日 [accessed Month Date, Year]，http://dx.doi.org/10.xxxx 或 http://xxxxxxxxx。

範例 A：

12. 林世強 [Shih-Chiang Lin]，「金門島嶼型災害特性及規模設定方法之探討」["Study of the Characteristics of Kinmen Insular Disasters and Methods of Determining Disaster Scales,"]，地理學報，69 期（2013 年 6 月）：22-23 [*Journal of Geographical Science*, no. 69 (June 2013): 23-23]，檢索於 2013 年 8 月 1 日 [accessed August 1, 2013]，http://dx.doi.org/10.6161/jgs.2013.69.01。

範例 B：

12. Shih-Chiang Lin, "Study of the Characteristics of Kinmen Insular Disasters and Methods of Determining Disaster Scales," *Journal of Geographical Science*, no. 69 (June 2013): 23-23, accessed August 1, 2013, http://dx.doi.org/10.6161/jgs.2013.69.01. (in Chinese)

2. 各期單獨編碼之期刊文章 [17.2.4.1]

羅馬化範式：

註釋號碼 . 作者 [Author's First name Middle name Last name]，「文章題名」["Title of Article,"]，期刊刊名 xx 卷，xx 期（xxxx 年 x 月／季）：引用頁碼 [*Title of Journal* xx, no. xx (Season/Month Year): xxx-xx]，檢索於 xxxx 年 xx 月 xx 日 [accessed Month Date, Year]，http://dx.doi.org/10.xxxx 或 http://xxxxxxxxx。

範例 A：

12. 陳書梅 [Chen Su-May Sheih]，「發展性繪本書目療法與大學生之情緒療癒」["Developmental Bibliotherapy with Picture Books for Undergraduates' Emotional Healing,"]，大學圖書館 17 卷，2 期（2013 年 9 月）：22-25 [*University Library Quarterly* 17, no. 2 (September, 2013): 22-25]，檢索於 2014 年 6 月 18 日 [accessed June 18, 2013]，http://dx.doi.org/10.6146/univj.17-2.02。

範例 B：

12. Chen Su-May Sheih, "Developmental Bibliotherapy with Picture Books for Undergraduates' Emotional Healing," *University Library Quarterly* 17, no. 2 (September, 2013): 22-25, accessed June 18, 2014, http://dx.doi.org/10.6146/univj.17-2.02. (in Chinese)

3. 即將出版之期刊文章 [17.2.4.2]

羅馬化範式：

> 註釋號碼 . 作者 [Author's First name Middle name Last name]，「文章題名」["Title of Article,"]，期刊刊名（即將出版）[*Title of Journal* (forthcoming)]，檢索於 xxxx 年 xx 月 xx 日 [accessed Month Date, Year]，http://dx.doi.org/10.xxxx 或 http://xxxxxxxxx。

範例 A：

> 25. 雷振宇 [Chen-Yu Lei]，「旅行的意義：美籍人士旅台經驗之研究」["The Meaning of Travel: A Case Study on Travel Experience of American in Taiwan,"]，旅遊學刊（即將出版）[*Journal of Tourism* (forthcoming)]，檢索於 2013 年 6 月 18 日 [accessed June 18, 2013]，http://tkuir.lib.tku.edu.tw:8080/dspace/handle/987654321//1987/1987.05.16.pdf。

範例 B：

> 25. Chen-Yu Lei, "The Meaning of Travel: A Case Study on Travel Experience of American in Taiwan," *Journal of Tourism* (forthcoming), accessed June 18, 2013, http://tkuir.lib.tku.edu.tw:8080/dspace/handle/987654321//1987/1987.05.16.pdf. (in Chinese)

◎補充說明：

引用即將出版（forthcoming）之期刊文章者，係指文章已被接受，但尚未出版者。可註明檢索日期、DOI 數位物件識別碼連結網址或 URL 資源定位網址。對於尚未被出版者接受之文章者，概稱未出版文稿（unpublished manuscript），例如：碩博士論文、會議中發表的講演或論文等；同性質情況，APA 格式稱之為 in press（付梓中）。

4. 引用期刊之特刊或增刊 [17.2.6]

i. 引用特刊中的單篇文章

羅馬化範式：

註釋號碼 . 作者 [Author's First name Middle name Last name]，「文章題名」["Title of Article,"]，在「特刊主題名」，當期編者編，特刊 [in "Title of Special Issue," ed. Editor's First name Middle name Last name, special issue]，期刊刊名 xx 卷，xx 期（xxxx 年 x 月／季）：引用頁碼 [Title of Journal xx, no. xx (Season/Month Year): xxx-xx]，檢索於 xxxx 年 xx 月 xx 日 [accessed Month Date, Year]，http://dx.doi.org/10.xxxx 或 http://xxxxxxxxx。

範例 A：

38. 劉婉珍 [Wan-Chen Liu]，「博物館學習資源的需要與想望」["Needs and Wants: Museum Learning Resources,"]，在「博物館學習資源」，葉貴玉編，特刊 [in "Museum Learning Resources," ed. Kui-Yu Yeh, special issue]，博物館學季刊 24 卷，4 期（2010 年 10 月）：19-20[Museology Quarterly 24, no. 4 (October, 2010): 19-20]，檢索於 2013 年 6 月 18 日 [accessed June 18, 2013]，http://web2.nmns.edu.tw/PubLib/Library/quaterly/201010_19.pdf。

範例 B：

38. Wan-Chen Liu, "Needs and Wants: Museum Learning Resources," in "Museum Learning Resources," ed. Kui-Yu Yeh, special issue, *Museology Quarterly* 24, no. 4 (October, 2010): 19-20, accessed June 18, 2013, http://web2.nmns.edu.tw/PubLib/Library/quaterly/201010_57.pdf. (in Chinese)

ii. 引用整期特刊

羅馬化範式：

註釋號碼 . 當期編者編 [Editor's First name Middle name Last name, ed.]，「特刊主題名」，特刊 ["Title of Special Issue," special issue]，期刊刊名 xx 卷，xx 期（xxxx 年 x 月／季）[*Title of Journal* xx, no. xx (Season/Month Year)]，檢索於 xxxx 年 xx 月 xx 日 [accessed Month Date, Year]，http://dx.doi.org/10.xxxx 或 http://xxxxxxxxx 。

範例 A：

30. 葉貴玉編 [Kui-Yu Yeh, ed.]，「博物館學習資源」，特刊 ["Museum Learning Resources," special issue] 博物館學季刊 24 卷，4 期（2010 年 10 月）[*Museology Quarterly* 24, no. 4 (October, 2010)]，檢索於 2013 年 6 月 18 日 [accessed June 18, 2013]，http://web2.nmns.edu.tw/PubLib/Library/quaterly.php?indx=98 。

範例 B：

30. Kui-Yu Yeh, ed., "Museum Learning Resources," special issue, *Museology Quarterly* 24, no. 4 (October, 2010), accessed June 18, 2013, http://web2.nmns.edu.tw/PubLib/Library/quaterly.php?indx=98. (in Chinese)

iii. 引用增刊中的單篇文章

羅馬化範式：

註釋號碼 . 作者 [Author's First name Middle name Last name]，「文章題名」["Title of Article,"]，在「增刊主題名」，期刊刊名 xx 卷，xx 期增刊（xxxx 年 x 月／季）：xxx-xx [in "Title of Supplement," *Title of Journal* xx, Sxx (Season/Month Year): xxx-

xx]，檢索於 xxxx 年 xx 月 xx 日 [accessed Month Date, Year]，
http://dx.doi.org/10.xxxx 或 http://xxxxxxxxx。

範例 A：

12. 林茉莉、邱品耘 [Mo-Ni Lin and Pin-Yun Chiu]，「探討旅遊滿意度與幸福感的關係」["Exploring the Relationship between Tourism Satisfaction and Subjective Well-Being,"]，在「休閒生活型態與效益」，城市旅遊研究 49 卷，增刊（2012 年春季）：S297-98 [in "Leisure Lifestyle and Benefit," *Journal of City Tourism Research* 49, S1 (Spring, 2012)]，檢索於 2013 年 6 月 18 日 [accessed June 18, 2013]，http://dx.doi.org/10.0618/75199。

13. 李福清 [Boris Riftin]，「中國曲藝與年畫」["China Quyi yu Nianhua,"]，在「2008 民俗暨民間文學國際學術研討會專號」，民間文學年刊，2 期增刊（2009 年 2 月）：3-11 [in "2008 Minsu ji Minjian Wenxue Guoji Xueshu Yantaohui Zhuanhao," *Minjian Wenxue Niankan,* S2 (February 2009): 3-11]。

範例 B：

12. Mo-Ni Lin and Pin-Yun Chiu, "Exploring the Relationship between Tourism Satisfaction and Subjective Well-Being," in "Leisure Lifestyle and Benefit," *Journal of City Tourism Research* 49, S1 (Spring, 2012), accessed June 18, 2013, http://dx.doi.org/10.0618/75199. (in Chinese)

13. Boris Riftin, "China Quyi yu Nianhua," in "2008 Minsu ji Minjian Wenxue Guoji Xueshu Yantaohui Zhuanhao," *Minjian Wenxue Niankan,* S2 (February 2009): 3-11. (in Chinese)

◎補充說明：

期刊出版社針對增刊時的頁碼將有別於一般卷期上的編排，而國外期刊通常會在頁碼前面加 S 以示區別，使用者可視實際情況著錄之。

（三）雜誌文章（**Magazines**）[17.3]

羅馬化範式：

註釋號碼. 作者 [Author's First name Middle name Last name]，「文章題名」["Title of Article,"]，雜誌刊名，xxxx 年 x 月 x 日，引用頁碼 [*Title of Magazines*, Month Date, Year, xxx-xx]，檢索於 xxxx 年 xx 月 xx 日 [accessed Month Date, Year]，http://dx.doi.org/10.xxxx 或資料庫名稱 [accessed Month Date, Year, Database Name] 或 http://xxxxxxxxx。

範例 A：

13. 焦元溥 [Yuan-Pu Chiao]，「張愛玲點唱機」["Eileen Chang Dianchangji,"]，*PAR* 表演藝術，2013 年 2 月 1 日，41 [*Performing Arts Reviews*, February 1, 2013, 41]。

範例 B：

13. Yuan-Pu Chiao, "Eileen Chang Dianchangji," *Performing Arts Reviews*, February 1, 2013, 41. (in Chinese)

（四）報紙報導 [17.4.2]

羅馬化範式：

註釋號碼 . 作者 [Author's First name Middle name Last name]，「文章題名」／專欄名稱 ["Title of Article,"/title of piece]，報名，xxxx 年 x 月 x 日，版本別 [*Title of Newspaper, Month Date, Year, edition*]，檢索於 xxxx 年 xx 月 xx 日 [accessed Month Date, Year]，http://dx.doi.org/10.xxxx 或資料庫名稱 [accessed Month Date, Year, Database Name] 或 http://xxxxxxxxx。

範例 A：

12. 李偉文 [Wei-Wen Li]，「幸福的條件」["Xingfu de Tiaojian,"]，聯合報，2013 年 9 月 8 日，北市版 [*United Daily News*, September 8, 2013, Taipei edition]，檢索於 2013 年 10 月 11 日 [accessed October 11, 2013]，http://blog.chinatimes.com/sow/archive/2013/09/08/7720997.html。

14. 蔣微微 [Wei-Wei Chiang]，幸福練習簿 [xingfu lianxibu]，自由時報，2013 年 9 月 8 日 [*Liberty Times*, September 8, 2013]。

範例 B：

12. Wei-Wen Li, "Xingfu de Tiaojian," *United Daily News*, September 8, 2013, Taipei edition, accessed October 11, 2013, http://blog.chinatimes.com/sow/archive/2013/09/08/7720997.html. (in Chinese)

14. Wei-Wei Chiang, xingfu lianxibu, *Liberty Times*, September 8, 2013. (in Chinese)

（五）百科全書或字典（**Articles in Encyclopedias and Dictionaries**）[17.5.3]

1. 著名的參考工具書

羅馬化範式：

註釋號碼 . 字典／百科全書名，版本／版次 [*Title of Dictionary/Encyclopedia*, xx ed.]，見詞條「詞條名稱」[s.v. "item,"]，檢索於 xxxx 年 xx 月 xx 日 [accessed Month Date, Year]，http://xxxxxxxxx。

範例 A：

12. 台灣大百科全書 [*Encyclopedia of Taiwan*]，見詞條「中華民國圖書館學會」[s.v. "Library Association of the Republic of China (Taiwan),"]，檢索於 2013 年 6 月 18 日 [accessed June 18, 2013]，http://taiwanpedia.culture.tw/web/content?ID=25971&Keyword=%E4%B8%AD%E8%8F%AF%E6%B0%91%E5%9C%8B%E5%9C%96%E6%9B%B8%E9%A4%A8%E5%AD%B8%E6%9C%83。

範例 B：

12. *Encyclopedia of Taiwan*, s.v. "Library Association of the Republic of China (Taiwan)," accessed June 18, 2013, http://taiwanpedia.culture.tw/web/content?ID=25971&Keyword=%E4%B8%AD%E8%8F%AF%E6%B0%91%E5%9C%8B%E5%9C%96%E6%9B%B8%E9%A4%A8%E5%AD%B8%E6%9C%83. (in Chinese)

2. 其他百科全書或字典

羅馬化範式：

註釋號碼 . 字典／百科全書名，版本／版次 [*Title of Dictionary/Encyclopedia*, xx ed.]，見詞條「詞條名稱」[s.v. "item,"]，（出版地：出版者，出版年）[(Location: Publisher, Year)]，項號／頁碼，檢索於 xxxx 年 xx 月 xx 日 [accessed Month Date, Year]，http://xxxxxxxxx。

範例 A：

13. 圖書館學與資訊科學大辭典 [*Encyclopedic Dictionary of Library and Information Science*]，見詞條「疊慧法」[s.v. "delphi method,"]，（台北市：漢美，1995）[(Taipei: Hanmei, 1995)]，2481-82。

範例 B：

13. *Encyclopedic Dictionary of Library and Information Science*, s.v. "delphi method," (Taipei: Hanmei, 1995), 2481-82. (in Chinese)

> ◎補充說明：
>
> s.v. 是 sub verbo 之縮寫，亦指在此文字下（under the word）之意思。
>
> 重要或著名的字辭典及百科全書，可省略出版者、出版地及出版年，但若非初版或惟一版本者，則必須著錄版本／版次。若是引用其他百科全書或字典則必須列出出版者、出版地及出版年。

（六）碩博士論文（**Theses and Dissertations**）[17.6.1]

羅馬化範式：

註釋號碼 . 作者 [Author's First name Middle name Last name]，「論文名稱」["Title of the Thesis/Dissertation"]（碩士／博士論文，學校名稱，出版年）[(master's thesis/PhD diss., School's Name, Year)]，引用頁碼，檢索於 xxxx 年 xx 月 xx 日 [accessed Month Date, Year]，http://dx.doi.org/10.xxxx 或資料庫名稱 [accessed Month Date, Year, Database Name] 或 http://xxxxxxxxx。

範例 A：

4. 黃文彥 [Wen-Yan Huang]，「開放式期刊典藏系統設計與實作：以教育資料與圖書館學為例」["Design and Implementation of Open Journal Archive System: A Case Study of *Journal of Education Media & Library Sciences*"]（碩士論文，淡江大學，2009）[(master's thesis, Tamkang University, 2009)]，30-32，檢索於 2013 年 6 月 18 日 [accessed June 18, 2013]，http://etds.lib.tku.edu.tw/etdservice/view_metadata?etdun=U0002-0207201006032900&start=21&end=40&from=CATE&cateid=A007。

範例 B：

4. Wen-Yan Huang, "Design and Implementation of Open Journal Archive System: A Case Study of *Journal of Education Media & Library Sciences*" (master's thesis, Tamkang University, 2009), 30-32, accessed June 18, 2013, http://etds.lib.tku.edu.tw/etdservice/view_metadata?etdun=U0002-0207201006032900&start=21&end=40&from=CATE&cateid=A007. (in Chinese)

◎補充說明：

Chicago (Turabian) 第八版規定在著錄碩博士論文之出版地資訊時，僅著錄其學校名稱即可，不須進一步著錄至系所。但為保持資料之完整性及書目計量之方便性，建議使用者亦可著錄至系所。如下所示：

4. 黃文彥 [Wen-Yan Huang]，「開放式期刊典藏系統設計與實作：以教育資料與圖書館學為例」["Design and Implementation of Open Journal Archive System: A Case Study of *Journal of Education Media & Library Sciences*"]（碩士論文，淡江大學資訊與圖書館學系，2009）[(master's thesis, Department of Information and Library Science, Tamkang University, 2009)]，30-32，檢索於 2013 年 6 月 18 日 [accessed June 18, 2013]，http://etds.lib.tku.edu.tw/etdservice/view_metadata?etdun=U0002-0207201006032900&start=21&end=40&from=CATE&cateid=A007。

（七）會議中發表的講演或論文（Lectures and Papers Presented at Meetings）[17.6.2]

1. 會議中發表的講演

羅馬化範式：

註釋號碼 . 講者 [Author's First name Middle name Last name]，「講演主題」["Title of the Speech,"]，（講演，舉辦單位，舉辦地，xxxx 年 x 月 x 日）[(lecture, Sponsorship, Location, Month Date, Year)]。

範例 A：

13. 翁明賢 [Ming-Hsien Weng]，「淡江戰略學派」
["Tamkang Strategic School,"]，（講演，淡江大學出版中心，新
北市，2013 年 6 月 18 日）[(lecture, Tamkang University Press.,
New Taipei City, Taiwan, June 18, 2013)]。

範例 B：

13. Ming-Hsien Weng, "Tamkang Strategic School," (lecture,
Tamkang University Press., New Taipei City, Taiwan, June 18,
2013). (in Chinese)

2. 會議中發表的論文

羅馬化範式：

註釋號碼 . 作者 [Author's First name Middle name Last
name]，「文章題名」["Title of the Paper,"]，（論文發表於
會議名稱，舉辦地，xxxx 年 x 月 x 日）[(paper presented at
Conference's Name, Location, Month Date, Year)]，引用頁碼，
檢索於 xxxx 年 xx 月 xx 日 [accessed Month Date, Year]，http://
dx.doi.org/10.xxxx 或資料庫名稱 [accessed Month Date, Year,
Database Name] 或 http://xxxxxxxxx。

範例 A：

12. 林素甘 [Su-Kan Lin]，「誰在書寫蘭嶼，建構蘭嶼知識：
蘭嶼專題圖書之分析」["Shei zai Shuxie Lanyu, Jiangou Lanyu
Zhishi: Lanyu Zhuanti Tushu zhi Fenxi,"]，（論文發表於 2012 年
第十一屆海峽兩岸圖書資訊學學術研討會，新北市，2012 年
7 月 4-5 日）[(paper presented at The 11th Conference on Library
& Information Science Across the Taiwan Straits, 2012, New Taipei
City, Taiwan, July 4-5, 2012)]，192-93。

範例 B：

12. Su-Kan Lin, "Shei zai Shuxie Lanyu, Jiangou Lanyu Zhishi: Lanyu Zhuanti Tushu zhi Fenxi," (paper presented at The 11th Conference on Library & Information Science Across the Taiwan Straits, 2012, New Taipei City, Taiwan, July 4-5, 2012), 192-93. (in Chinese)

（八）網路資源（Websites, Blogs, Social Networks, and Discussion Groups）

1. 一般網站或網頁 [17.1.1]

羅馬化範式：

註釋號碼 . 作者 [Author's First name Middle name Last name]，「文章名稱」["Title of Page,"]，網站名稱／網站擁有者，（最後更新於）xxxx 年 x 月 x 日 [Title/Owner of Site, (last modified) Month Date, Year]，檢索於 xxxx 年 xx 月 xx 日 [accessed Month Date, Year]，http://xxxxxxxxx。

範例 A：

4. 淡江大學 [Tamkang University]，「教育學院出版國內第 1 本數位原生全方位學習的教學指引專書」["Jiaoyu Xueyuan Chuban Guonei Di 1 Ben Shuwei Yuansheng Quanfangwei Xuexi de Jiaoxue Zhiyin Zhuanshu,"]，淡江大學資訊處數位設計組，最後更新於 2012 年 12 月 30 日 [Digital Design Section, Tamkang University, last modified December 30, 2012]，檢索於 2013 年 6 月 18 日 [accessed June 18, 2013]，http://gdc.tku.edu.tw/TodayNews/fcdtl.aspx?id=807。

範例 B：

4. Tamkang University, "Jiaoyu Xueyuan Chuban Guonei Di 1 Ben Shuwei Yuansheng Quanfangwei Xuexi de Jiaoxue Zhiyin Zhuanshu," Digital Design Section, Tamkang University, last modified December 30, 2012, accessed June 18, 2013, http://gdc. tku.edu.tw/TodayNews/fcdtl.aspx?id=80. (in Chinese)

2. 部落格的文章 [17.7.2]

羅馬化範式：

註釋號碼 . 作者 [Author's First name Middle name Last name]，「文章名稱」["Title of Entry,"]，部落格名稱，xxxx 年 x 月 x 日 [*Name of Blog*, Month Date, Year]，檢索於 xxxx 年 xx 月 xx 日 [accessed Month Date, Year]，http://xxxxxxxxx。

範例 A：

16. 陳穎青 [Ying-Ching Chen]，「只見電子不見書」["Zhi Jian Dianzi Bu Jian Shu,"]，內容推進實驗室，2010 年 2 月 2 日 [*Neirong Tuijin Shiyanshi*, February 2, 2010]，檢索於 2013 年 6 月 18 日 [accessed June 18, 2013]，http://www.contnt.net/2010/02/ebook-and-ereader.html。

範例 B：

16. Ying-Ching Chen, "Zhi Jian Dianzi Bu Jian Shu," *Neirong Tuijin Shiyanshi*, February 2, 2010, accessed June 18, 2013, http://www.contnt.net/2010/02/ebook-and-ereader.html. (in Chinese)

3. 社群網站 [17.7.3]

羅馬化範式：

註釋號碼 . 作者 [Author's First name Middle name Last name]，Twitter/Facebook/Google+/Tumblr 貼文，xxxx 年 x 月 x 日（上／下午 x:xx）[Twitter/Facebook/Google+/Tumblr post, Month Date, Year (xx:xx a.m./p.m.)]，檢索於 xxxx 年 xx 月 xx 日 [accessed Month Date, Year]，http://xxxxxxxxx。

範例 A：

17. 何飛鵬 [Fei-Peng Ho]，Facebook 貼文，2013 年 9 月 14 日（下午 2:10）[Facebook post, September 14, 2013 (2:10 p.m.)]，檢索於 2013 年 10 月 7 日 [accessed October 7, 2013]，https://www.facebook.com/feipengho。

範例 B：

17. Fei-Peng Ho, Facebook post, September 14, 2013 (2:10 p.m.), accessed October 7, 2013, https://www.facebook.com/feipengho. (in Chinese)